W0273657

# Il faut toujours savoir dire aux gens

**DU MÊME AUTEUR :**

- Un autre chemin (2021)
- Les sapins d'Alsace parlent à voix basse (2022)

Victoire MOREL

# IL FAUT TOUJOURS SAVOIR DIRE AUX GENS

roman

Ce livre a été publié en autoédition.

ISBN : 97983789800-2-4

© Victoire Morel

Tous droits de reproduction, d'adaptation et de traduction, intégrale ou partielle réservés pour tous pays.

L'auteur est seul propriétaire des droits et responsable du contenu de ce livre.

**À Marc,**

**À Jacqueline et Olivier,**

**À la famille de Marie-Thérèse Wauthier.**

*« La vie est courte, l'art est long, l'occasion fugitive, l'expérience trompeuse, le jugement difficile ».*

**Hippocrate**

## 11 novembre 1989

*Je rêve. Comme toujours, mes songes se montrent ardents, intenses, d'une incroyable réalité. Je me sens emplie de couleurs, de cris et de voix gutturales. Tout à coup, le son d'un violoncelle m'envahit, avec cette résonance si particulière, capable de donner des frissons à l'être le plus insensible. J'ouvre les yeux avec difficulté, coincée entre rêve et réalité. Je dois m'arracher à cette petite mort pour revenir à la vie, afin de comprendre ce qu'il se passe à cet instant. Je me redresse péniblement et consulte ma montre. Il est quatre heures du matin. Pourquoi suis-je ainsi réveillée ? Au bout de quelques minutes, je comprends enfin. Dans ma minuscule chambre de la maternité Sainte-Félicité, je me suis endormie devant le téléviseur allumé, sidérée par le spectacle qui se déroule face au monde entier depuis hier, et incapable de m'en extraire. Le mur de Berlin est tombé.*

*Immédiatement, mon regard est attiré par l'écran, dont la lumière éclaire faiblement la pièce. Devant le rideau de fer, un vieil homme est assis sur une chaise. Autour de lui, une foule immense et silencieuse se tient debout et attend. Une fillette, une craie à la main, dessine avec maladresse une énorme fleur sur le béton. Un dessin de Mickey Mouse est visible derrière l'artiste, griffonné sur ce mur haï, décor maladroit parmi tant d'autres. Enfin, le son du violoncelle s'élève et appelle mes larmes avec force. Je suis émue. Je ne suis pas experte en musique classique, mais il me semble reconnaitre une suite de Bach.*

*Ce moment me semble irréel. Ma vie me paraît tellement extraordinaire depuis hier : jamais, je ne pourrai oublier ces quelques jours de novembre 1989, durant lesquels mon existence a basculé en même temps que celle de l'humanité… La retransmission cesse et le journaliste, les yeux cernés par la fatigue, explique que Mstislav Rostropovitch a donné ce concert dans l'après-midi. En apprenant l'incroyable nouvelle, le violoncelliste a sauté dans un avion pour rendre hommage à cette liberté retrouvée. Mais tout à coup, le reporter s'interrompt, et les caméras se tournent vers le sommet de l'édifice. Une scène inimaginable s'offre alors à mes yeux. Il est quatre heures quarante-cinq du matin et des hommes et des femmes, des pioches à la main, frappent de toutes leurs forces. Ils sont dix, puis cent et ils cognent, et cognent encore : demain il sera peut-être trop tard, ils doivent le détruire cette nuit. La pierre s'effrite à peine, mais tous redoublent d'efforts. D'autres les rejoignent en riant, en s'apostrophant bruyamment et ces jeunes Berlinois frappent dans une communion totale. Le mur tombe. Brique après brique.*

*Un faible cri me ramène à la réalité. Juste à côté de moi, Gabriel et Emilie commencent à s'agiter. Gabriel se tord dans tous les sens, ses deux petits poings bien serrés, il se cabre et ouvre les yeux. Je me penche au-dessus du berceau et il me fixe intensément de son regard de vieux nouveau-né. Mes jumeaux ont-ils attendu cette chute pour voir le jour dans un autre monde ? Que retiendront-ils de celui qui s'écroule sous mon regard incrédule ? Rien sans doute, comme je n'ai rien voulu savoir de la guerre qui avait bouleversé l'enfance de mes parents. Se promèneront-ils un jour dans un Berlin réunifié ? Que deviendront-ils dans une humanité qui sombre brutalement chaque fois qu'on l'espère en paix pour toujours ?*

*Emilie s'agite à son tour et je lui caresse doucement les cheveux. Ces deux petits me paraissent des inconnus et en même temps, ils font partie de mon être, viscéralement. Ils étaient en mon sein, il y a quelques heures, comme s'y trouvent mon cœur, mon foie, mes poumons, mes reins, et je ne m'accoutume toujours pas à ce ventre si vide. Mes bébés ont choisi la liberté, ils ont mis fin à cette osmose magique, à laquelle je n'aurais pu renoncer de moi-même.*

*Je connais déjà ce sentiment étrange, croisé lors de mes trois grossesses précédentes, mais je ne m'y habitue pas. Mes enfants sont moi, et eux à la fois. Je sais qu'il me faudra de longs mois pour que cette impression s'estompe. Un renoncement nécessaire, mais douloureux. Je me demande si, plus tard, quand ils grandiront, ils feront encore partie de moi. Et je me dis que oui, jusqu'à mon dernier souffle, mes cinq petits seront ancrés au plus profond de moi.*

*Gabriel se met à pleurer de plus en plus fort et j'essaie de l'apaiser en lui murmurant des mots doux. Ai-je eu raison de le prénommer comme son grand-père ? Gabriel, mon père, tu me manques tellement que je tente ainsi, de te faire revivre. Gabriel, mon fils, je te raconterai plus tard, ces jeunes Allemands armés de pelles et de pioches, résolus à détruire ce mur qui les emprisonne, et que nous regardons ensemble, toi serré contre moi. Je te le conterai, comme Gabriel, mon père, m'a fait le récit, avec pudeur, des bombardements de son enfance. Nous sommes des hommes et des femmes, nous nous inscrivons dans une Histoire sans fin, emplie de drames et d'espérances. La mienne, comme celle de Gabriel et d'Emilie, sera celle du mur de Berlin.*

*L'infirmière de nuit vient d'entrer et de briser, bien malgré elle, ce huis clos sublime entre mes jumeaux, moi, et cet instant exceptionnel. Elle me dit que c'est merveilleux, que tous ces gens vont être libres, qu'elle ira visiter Berlin. Je sens cette femme pleine d'espoir, comme si la chute de ce mur redonnait brusquement un sens à sa vie. Le goût de la liberté est enivrant. Alors je lui souris, mais je n'attends qu'une chose : qu'elle s'en aille. Car je souhaite, plus que tout, assister à ce moment d'Histoire, seule avec mes enfants. Je veux leur murmurer que, s'il le faut, je prendrai moi aussi une pioche pour briser les prisons qui les séquestreront peut-être. Je veux qu'ils sachent qu'ils sont l'espoir d'un monde nouveau, puisqu'ils sont nés précisément aujourd'hui.*

*Gabriel s'est calmé, lové contre sa sœur et contre moi-même. Il est cinq heures du matin, le mur de Berlin est tombé, Emilie et Gabriel se sont rendormis. Je m'allonge, épuisée, et je ferme les yeux. Juste avant de m'enfuir à nouveau dans le sommeil, j'entends des sons diffus et un murmure incessant : le poste de télévision livre toujours son Histoire. Et dans l'abandon qui me gagne, bercée par le son du téléviseur, je m'apprête à rêver.*

# Se réparer

1953-1954

*« Qu'importe le temps, qu'emporte le vent, mieux vaut ton absence que ton indifférence ».*

Serge Gainsbourg

# 1.

## Nancy, mars 1953

Jules referma la porte de son cabinet et poussa un soupir de soulagement. Il regarda sa montre et frémit : onze heures du soir ! Les consultations s'étaient enchaînées sans discontinuer depuis le matin et le médecin n'avait pas vu la journée passer. En ce mois de mars glacial, les maladies saisonnières étaient nombreuses et les patients défilaient du matin au soir. Tandis qu'il montait l'escalier, il huma une bonne odeur de gratin qui lui mit l'eau à la bouche. Il allait retrouver Marie, quel bonheur ! Lorsqu'il avait divorcé d'Henriette, il s'était senti vide à l'intérieur. L'amour ne semblait, somme toute, pas fait pour lui, mais il jugeait désormais cela sans importance. Il avait décidé de se dévouer corps et âme à ses chers malades et cela lui avait permis d'oublier la sinistre période qu'il venait de traverser. Quel traumatisme indélébile ! Sa femme l'avait quitté subitement, pour vivre avec une autre femme, en emmenant leurs cinq enfants[1]. Et même s'il avait récupéré Gabriel, son fils aîné, il y avait plus de trois ans qu'il n'avait eu aucune nouvelle des quatre plus jeunes.

---

[1] *« Un autre chemin », 2021*

Jules n'en parlait jamais à quiconque et essayait de ne pas y songer, mais la blessure restait profonde. Il n'avait pas osé affronter à nouveau Henriette devant les juges pour obtenir de voir ses enfants, et pensait qu'ils reviendraient tous seuls plus tard. Se mentait-il à lui-même ? Se pouvait-il qu'il ne les revoie jamais ? Lorsque ces questions se pressaient dans sa tête, il les chassait le plus vite possible.

Mais alors que Jules avait résolu de se consacrer uniquement à son métier de médecin, après l'échec cinglant de son mariage, l'amour lui était tombé dessus à l'improviste. Quelques mois auparavant, il avait été appelé en urgence à l'autre bout de la ville au chevet d'une jeune femme qui venait de tenter de se suicider en ingérant des barbituriques. Lorsqu'elle s'était trouvée hors de danger, Jules était retourné lui rendre visite à plusieurs reprises et l'avait écoutée avec attention, inquiet de la voir récidiver dans son désir de mourir. Et très rapidement, un doux sentiment s'était installé entre eux, contre lequel Jules n'avait pas pu lutter. Il l'avait épousée un mois plus tard et le médecin s'était enfin senti heureux, après des années de tourment.

À presque cinquante ans, Marie était une très jolie femme qui avait dû faire tourner bien des têtes. Plus âgée que Jules de presque cinq ans, elle paraissait cependant bien plus jeune, presque enfantine. Les drames qu'elle avait traversés semblaient en effet n'avoir laissé aucune trace sur elle. Petite et mince, dotée d'une taille de guêpe, qui rendait ses amies envieuses, Marie était féminine, pétillante et joyeuse depuis qu'elle avait refait sa vie avec le docteur Wagner. Sa chevelure dorée tombait librement sur ses épaules, renforçant son air juvénile. Elle n'avait pu se résoudre à adopter la coiffure sévère des femmes de son âge et cela lui seyait à ravir. Ses grands yeux bleus et son regard profond contribuaient largement à cette beauté mutine qui avait ensorcelé Jules. Lorsque

Marie souriait, elle était irrésistible, tout en elle respirait le bonheur.

Et pourtant, la jolie blonde revenait de loin. Elle avait à peine dix-neuf ans lorsqu'elle avait épousé un ami d'enfance, natif du même village vosgien qu'elle. Marie avait imploré ses parents de la laisser se marier. La Grande Guerre était finie depuis plus de dix ans, et la promesse d'un avenir meilleur triomphait dans tous les foyers. La jeune femme n'avait dès lors eu de cesse de construire sa vie future. Elle avait donc convolé en justes noces avec beaucoup d'espérance, mais avait déchanté très vite. L'adolescent timide s'était mué immédiatement en une brute sordide et lui avait fait vivre un enfer. Violée sans aucun égard dès la première nuit, elle avait passé pas loin de trente ans auprès du psychopathe qu'elle avait commis l'erreur d'épouser. Marie était parvenue à limiter les maternités, grâce à la complicité d'une vieille matrone du village, et seuls deux enfants lui étaient nés. Elle avait réussi enfin à se libérer de ses chaînes lorsque son fils et sa fille avaient quitté le foyer, et s'était enfuie un beau matin. Elle avait débarqué à Nancy au cœur de l'hiver, avec un maigre bagage. Mais en cette année 1951, il ne faisait pas bon être une femme seule et sans ressources. Et, bien qu'elle eût trouvé assez vite un petit travail de vendeuse, le trop-plein de violence subi pendant tant d'années ainsi que l'incertitude de l'avenir l'avait amenée à commettre l'irréparable. Marie avait avalé une boîte entière de barbituriques, un jour où les angoisses s'étaient montrées plus puissantes que d'ordinaire. Paniquée par son geste, elle avait frappé à la porte de sa voisine qui avait immédiatement appelé le docteur Wagner.

Quand Marie avait vu le médecin à son chevet, juste avant de sombrer dans le coma, elle avait ressenti une émotion étrange. Celui-ci respirait la bienveillance et la sollicitude, et elle s'était accrochée à son regard avec force. Lorsqu'elle s'était réveillée, enfin tirée d'affaire, elle avait appris que Jules Wagner lui avait rendu visite chaque jour. Elle avait compris très vite qu'elle allait finir sa vie aux côtés de celui-ci. Jules était venu la chercher à la sortie de l'hôpital et l'avait raccompagnée à son petit appartement. Sous le charme, Marie avait connu une prompte convalescence, portée par cette idylle. Elle trouvait le docteur tellement attentionné que cela lui avait semblé magnifique, après son union sordide. Le bouleversement avait aussi été total pour Jules, et un torrent de douceur avait envahi son existence grâce à la belle Vosgienne. Elle était devenue sa seule obsession dès leur première rencontre et il s'était rapidement aperçu avec émotion qu'il plaisait à la jeune femme. Comment une si jolie personne pouvait-elle s'intéresser à lui ? Flatté, il lui avait fait une cour assidue. Ils avaient partagé de longues promenades pendant lesquelles Marie avait raconté le cauchemar qu'elle avait vécu durant toutes ces années. Et Jules s'était juré de prendre désormais soin d'elle.

À peine le médecin se trouva-t-il en haut de l'escalier que la porte de la cuisine s'ouvrit, laissant échapper de délicieuses odeurs. Marie était là qui lui souriait, resplendissante comme toujours. Jules oublia dans l'instant la fatigue de cette journée interminable et la prit dans ses bras.

— Ma chérie, je suis désolé de rentrer aussi tard, mais j'ai dû faire face à de nombreux imprévus. J'espère que tu as mangé sans m'attendre ? s'enquit-il en l'embrassant.

— Ne t'inquiète pas, je comprends, et je sais que tu fais toujours de ton mieux. Tes malades ont besoin de toi, il ne s'agit pas de les délaisser pour ta nouvelle femme, enfin pas tout le temps, déclara Marie d'un ton mutin. As-tu faim ? J'ai cuisiné une blanquette de veau.

— Une faim de loup, oui vraiment, et j'adore ce plat ! Comment l'as-tu deviné ?

— L'intuition féminine cher docteur, ajouta-t-elle en souriant. Allons, mets-toi vite à table, c'est encore chaud.

Jules ne se fit pas prier et s'installa aussitôt. Il pensa un instant à sa vie conjugale passée. Il se rappelait parfaitement que, lors de ses retours tardifs, son ex-femme ne daignait même pas lever les yeux de son livre. Alors qu'il était harassé par ses journées interminables auprès des malades, il devait lui-même allumer le gaz pour réchauffer le repas qui l'attendait. Henriette ne lui posait jamais de questions, il se sentait transparent, abandonné et tellement seul ! Son existence aux côtés de Marie lui paraissait magnifique, en comparaison, bien au-delà de ce qu'il aurait pu espérer. Il se trouvait si heureux ! Il se réveillait chaque matin avec un sentiment de bonheur intense et dès qu'il voyait sa femme, il avait l'impression de vivre un rêve. « *Que la vie est belle et comme je me sens amoureux* », songea-t-il en avalant la première bouchée de la délicieuse blanquette. Les deux époux devisaient gaiement lorsqu'on entendit Gabriel dévaler l'escalier. Immédiatement, le visage de Marie se figea et tous deux se regardèrent avec inquiétude.

— Il a mangé ? demanda Jules.

— Oui, je l'ai croisé tout à l'heure. Il a pioché dans le réfrigérateur quand il a compris que tu rentrerais tard.

Gabriel venait d'avoir dix-neuf ans. Fils aîné de Jules, il avait bataillé durant deux interminables années pour revenir vivre auprès de lui, et Jules s'était montré heureux de récupérer au moins un de ses cinq enfants. Après ce divorce cauchemardesque qui s'était étalé sur de longs mois, il n'avait plus revu les quatre derniers. Ceux-ci, désormais adolescents, ne lui avaient pas non plus donné signe de vie, et cela le rendait amer. Pour compenser ce vide béant, il avait essayé d'être le meilleur père possible pour son premier-né, privé de mère. En effet, Henriette avait tourné le dos à Gabriel et la blessure paraissait profonde, même s'il n'en parlait jamais. Son bachot en poche, le jeune homme avait entrepris des études de médecine pour suivre les traces de Jules, à qui il vouait une admiration sans bornes. Cette première année à l'Université s'avérait difficile, mais Gabriel s'accrochait avec détermination. Il avait eu la joie d'apprendre, lors des résultats du baccalauréat, que son meilleur ami, François, souhaitait lui aussi devenir médecin, et qu'ils passeraient donc encore de longues années, ensemble, sur les bancs de la faculté.

Les deux adolescents s'étaient rencontrés lors de leur entrée à l'internat du lycée qu'ils venaient tous deux d'intégrer en classe de seconde. Quand Gabriel était arrivé dans cet établissement, en plein drame familial, il avait immédiatement sympathisé avec François, qui s'était montré d'un soutien sans faille durant cette période tourmentée. Depuis, tous les deux ne s'étaient plus quittés et leur complicité n'avait fait que croître. Et même lorsque François était tombé amoureux d'une charmante demoiselle quelques mois auparavant, il n'avait pas pour autant lâché son ami. Ils fréquentaient donc côte à côte les bancs de la faculté de médecine depuis la rentrée, et se motivaient mutuellement. Sans l'appui de François, Gabriel aurait sans doute très vite abandonné ces études exigeantes, mais il ne souhaitait pas décevoir son camarade, et sa seule présence donnait au jeune homme la force de continuer.

Lorsque Gabriel ouvrit brutalement la porte de la cuisine, l'air préoccupé, Marie se leva d'un bond et saisit une assiette dans le placard.

— Gabriel, je pensais que tu avais mangé, veux-tu quelque chose ?

— Non, répliqua simplement son beau-fils d'un ton sec.

— Comment s'est passée ta journée, les cours étaient-ils intéressants ?

Jules venait d'intervenir et le regardait avec bienveillance.

— Bof, bof, répondit Gabriel, la mine boudeuse, les professeurs semblent prendre un malin plaisir à rendre les enseignements absolument incompréhensibles.

— Quelles matières as-tu eues cet après-midi ?

— Chimie organique et physique, principalement. Je n'ai vu aucun rapport avec la médecine. Franchement que de temps perdu, Papa ! J'ai juste envie d'apprendre à soigner des malades, et pas d'ingurgiter toutes ces formules compliquées.

Jules sourit en regardant son fils. Ce dernier apparaissait toujours aussi impulsif, et voulait en permanence que tout avance très vite. « *Cette suractivité continuelle lui évite de trop penser à sa mère* », songea le praticien. Il se demandait souvent comment Gabriel vivait cette absence, mais le jeune homme refusait obstinément de se confier, malgré les tentatives répétées de son père pour le faire parler.

— Gabriel, tu dois apprendre la patience. Avant d'ausculter des malades, de diagnostiquer et de soigner, tu dois avoir des connaissances approfondies en physique, chimie ou bien sûr anatomie. Cette année préparatoire y est consacrée et tu dois te plier à la discipline qui t'est imposée. Je peux t'aider si tu le souhaites.

— Non, Papa, je te remercie, mais nous avons l'habitude de travailler ensemble avec François. Fais-moi confiance, tout ira bien.

Jules n'insista pas et se tourna vers Marie.

— Ta belle-mère a cuisiné une délicieuse blanquette, tu devrais la goûter, ajouta-t-il.

— Je n'ai pas faim, répliqua simplement Gabriel.

La tension était palpable. Gabriel n'avait toujours pas accepté le remariage du docteur Wagner et avait pris la nouvelle épouse de celui-ci en grippe. Lorsqu'un an auparavant il avait quitté sa mère et Simone pour retourner vivre chez Jules, l'adolescent avait ressenti un grand soulagement. Après d'interminables mois à subir en permanence les brimades de Simone, la compagne de sa mère, il avait retrouvé la sérénité et le calme auprès de son père, et se réparait lentement de ses blessures d'enfance. Malheureusement pour lui, ce quotidien paisible à deux n'avait pas duré longtemps. Marie avait très vite fait irruption dans la vie de Jules, et Gabriel avait compris qu'entre ces deux-là, c'était du sérieux. Ses craintes s'étaient confirmées lorsque Jules lui avait annoncé son intention d'épouser Marie. Et bien sûr, il ne lui avait pas échappé que celui-ci respirait le bonheur. Le garçon s'était senti à nouveau abandonné.

Quelques semaines avant la cérémonie, les deux amoureux avaient organisé une rencontre entre leurs enfants respectifs. Gabriel avait ainsi fait la connaissance d'Edmond et de Monique, les rejetons de la jolie blonde, et les avait tout de suite détestés. Monique était une jeune demoiselle prétentieuse et Edmond, un type falot et laid. « *Celui-là, il n'a pas inventé la poudre* », avait-il immédiatement pensé. L'animosité s'était avérée réciproque et les deux futurs mariés l'avaient bien senti. Ils l'avaient accepté, à contrecœur, et renoncé à l'idée de former un foyer recomposé et uni. Heureusement, Edmond et Monique avaient pris leur indépendance et Gabriel ne les croisait qu'à l'occasion de rares déjeuners, que Marie appelait des repas de famille.

Famille ? Gabriel ne se souvenait plus de ce que ce mot signifiait, la sienne ayant explosé en vol. Dans ce séisme, il avait perdu de nombreux amis horrifiés par le divorce fracassant du couple Wagner, ses quatre jeunes frères et sœur, et surtout sa mère, Henriette. Lorsqu'il pensait à tout cela le soir dans le silence de sa chambre, il ne pouvait admettre que celle-ci ait ainsi abandonné son fils aîné. Peut-on arrêter d'aimer son enfant parce qu'on désapprouve ses décisions ? Peut-on demander à celui-ci de choisir entre ses deux parents ? Comment peut-on ne jamais pardonner à quelqu'un qu'on chérit plus que tout ? Car Gabriel n'en doutait pas, quand il serait père, il aimerait ses enfants de manière inconditionnelle. Certes, il se marierait et ne divorcerait jamais, il en avait la certitude, mais surtout il soutiendrait ses enfants, quels que soient leurs choix.

Dans le silence de ses nuits, Gabriel rêvait souvent d'Henriette, la maman douce d'autrefois. Cette maman-là avait-elle réellement existé ? Toutes ses émotions et tous ses souvenirs se montraient confus, il avait le sentiment qu'une vie entière s'était écoulée depuis l'époque de l'insouciance, le temps de l'avant-guerre. Mais le jeune homme s'accrochait à ces rêves comme à une bouée de sauvetage. Retrouver la chaleur des bras d'une mère, le pourrait-il un jour ? En tout cas, Marie ne remplacerait jamais Henriette.

— Tu pourras en manger demain, c'est encore meilleur réchauffé.

Gabriel fut tiré de ses pensées par la voix de Marie, qui multipliait les tentatives de séduction envers son beau-fils, envers et contre tout.

— Marie a raison, renchérit Jules, va vite dormir. Le manque de sommeil nuit à la concentration et tu en as grandement besoin pour tes études.

— Bonne nuit, répondit simplement Gabriel.

Il déposa un rapide baiser sur la joue de son père et sortit aussitôt. Il n'avait, comme d'habitude, pas eu un regard ni un geste envers Marie. Son époux se tourna vers elle d'un air dépité, semblant s'excuser de l'inconduite de son fils.

— Il est nerveux et tendu, ces études de médecine exigent beaucoup de travail, j'en sais quelque chose.

Mais ils se doutaient tous les deux que la situation ne risquait guère de s'arranger.

# 2.

— Dépêche-toi Gabriel, toutes les meilleures places vont être prises dans l'amphi !

François était exaspéré. Il y avait six mois que l'année universitaire avait commencé et Gabriel paraissait avoir oublié ses bonnes résolutions du début. Les deux amis, très motivés à l'idée de devenir médecins, s'étaient juré de mettre toute leur énergie pour réussir leurs études. Il était hors de question que l'un des deux restât au bord de la route. Ils y parviendraient, ensemble ou pas du tout.

— Mais non, ne t'inquiète pas, le cours ne démarre que dans cinq minutes et Parisot arrive toujours en retard, répondit Gabriel.

Le jeune homme était rouge-écarlate et peinait à reprendre son souffle. Malgré son apparence décontractée, il avait couru tout le long de l'immense avenue de Strasbourg afin de ne pas subir les foudres de François. Il écrasa sa cigarette, qui expliquait sans nul doute la quasi-asphyxie qui l'avait saisi, et entraîna son ami vers l'amphithéâtre. Lorsqu'ils entrèrent, pratiquement toutes les places étaient occupées et les deux étudiants durent s'installer au dernier rang. Gabriel s'assit aussitôt et soupira d'un air réprobateur qui fit sourire François intérieurement.

— Et comme d'habitude, toutes ces demoiselles ont réquisitionné les premiers bancs !

Gabriel paraissait sincèrement agacé ce qui amusa beaucoup François.

— Elles ne sont pas nombreuses, il faut bien qu'elles se tiennent chaud. Et de plus, si elles se mettent toutes au même endroit, c'est plus simple pour en choisir une, répondit-il avec un clin d'œil.

— Arrête avec ça François, tu sais que ces pimbêches ne m'intéressent absolument pas, rétorqua-t-il avec un air boudeur.

Tandis que son camarade fréquentait Jacqueline depuis plusieurs mois, Gabriel Wagner ne s'était jusqu'à lors pas tellement senti concerné par les filles, plus préoccupé par le divorce de ses parents que par sa vie de jeune carabin. Toutefois, il hantait les bars depuis la rentrée sans aucune modération. L'Aca, diminutif étudiant pour le café de l'Académie, était désormais son quartier général et il découvrait avec ravissement ces moments de convivialité durant lesquels les grands bocks de bière permettaient d'oublier tous les soucis et de palabrer avec enthousiasme. Quand il pénétrait à l'Aca, enfumé et bruissant d'exclamations joyeuses, il lançait un large salut et regardait autour de lui pour repérer à quelle table il allait s'installer. Il connaissait tout le monde dans ce bar qui était devenu sa deuxième maison, et peut-être même la première.

— Mais vous allez vous taire tous les deux !

Le garçon assis juste devant Gabriel venait de se retourner et leur jeta un œil noir. Penauds, les deux amis déballèrent leurs feuilles et leurs stylos et se mirent à écouter le professeur Parisot qui commençait son cours. C'était le doyen de la faculté et il ne s'agissait pas de se faire remarquer. Il se murmurait que ce dernier reconnaissait absolument tous les étudiants et qu'au moment des examens, il se montrait intraitable avec ceux qui apparaissaient distraits, bavards ou retardataires. Jules le répétait presque tous les matins à son fils, inquiet du caractère frondeur de celui-ci, et soucieux de sa propre réputation qu'il jouait aussi à travers le comportement de Gabriel. La famille Wagner avait déjà été tant stigmatisée par le scandale du divorce que le médecin aspirait désormais à se faire oublier.

Le doyen Parisot était une figure de l'institution. Alors qu'il aurait pu prendre une retraite plus que méritée au vu de sa carrière exceptionnelle, il assurait toujours des enseignements à la faculté à plus de soixante-dix ans, heureux de rencontrer chaque jour de futurs praticiens. Cet homme hors du commun s'était rendu célèbre, non seulement par ses exploits au cours des deux conflits mondiaux, mais aussi par ses recherches novatrices en santé publique. Confronté à la grippe espagnole puis à la tuberculose, il n'avait eu de cesse d'alerter les autorités sur la nécessité de considérer le contexte social pour éradiquer certaines maladies. Jules Wagner admirait beaucoup cet immense docteur qui avait été son professeur avant de devenir celui de Gabriel. Il n'arrêtait pas de raconter à son fils les prouesses de Parisot, en particulier pendant la Résistance, où il l'avait croisé à multiples reprises. Il lui avait aussi relaté comment ce médecin hors du commun avait traité avec succès et dévouement les soldats gazés en 1916. Le professeur Parisot était une icône pour Jules, dont le père était mort au champ d'honneur sans le moindre soin.

Gabriel, qui ne l'ignorait pas, se tenait donc particulièrement à carreau pendant les cours du doyen.

— Cette séance me semble interminable, soupira-t-il au bout de deux heures en consultant sa montre.

— Plus que… vingt-neuf minutes, courage mon vieux ! répondit François avec un clin d'œil.

Gabriel se tortillait sur sa chaise depuis un bon moment déjà. Doté d'une nature impatiente, il faisait tout son possible pour se montrer attentif, mais y parvenait rarement. Même lorsque les cours l'intéressaient, comme ceux du professeur Parisot, son esprit s'échappait très vite. Il avait l'impression que son cerveau se trouvait en ébullition permanente et, malgré ses efforts, ne réussissait pas toujours à y remettre de l'ordre dans les pensées qui l'assaillaient. Le jeune homme se sentait différent des autres étudiants pour qui se concentrer était une évidence.

« *Comme j'aimerais arrêter de réfléchir sans cesse* », songeait-il tout en observant ses congénères, si attentifs qu'ils paraissaient boire les paroles du maître. « *Mon esprit ne se calme jamais, il s'évade dans tous les sens, se cogne aux murs, revient au centre puis essaie de filer ailleurs. Tout s'emmêle, je saute d'une pensée à la suivante. J'ai l'impression d'une course de relais entre des centaines d'athlètes, qui se refilent une idée et repartent à toute allure avec elle, bien serrée entre leurs mains. Comment puis-je devenir un étudiant sérieux* ? ». Gabriel se demandait souvent si François connaissait ces atermoiements, mais n'avait jamais osé lui en parler, de peur que ce dernier ne le prenne pour un fou. François paraissait toujours si calme et serein ! Le jeune homme jeta un œil à son ami et soupira. Un stylo dans une main, l'autre élégamment posée sur son cahier, il restait immobile, captivé par les mots du professeur. Son regard pétillait d'intelligence et, une nouvelle fois, Gabriel se sentit démotivé et loin d'être à la hauteur de son camarade. Ce dernier se tourna vers lui et lui sourit avec bienveillance.

— Allons, Gab, concentre-toi, le cours est bientôt fini. Et je t'assure que si tu écoutes tout, tu n'auras pas besoin de passer des heures à apprendre ensuite.

Quelques instants plus tard, le professeur Parisot signifia à l'assemblée que la séance était terminée, se leva et quitta l'amphi. Immédiatement, un brouhaha se fit entendre dans la salle. La pression se relâchait, tous rangèrent cahiers et stylos et se dirigèrent vers la sortie de la faculté.

— Je me dépêche, Jacqueline doit m'attendre dehors, elle m'a promis de venir me chercher ce soir, annonça François avec une mine réjouie.

— Ah, tant mieux pour toi, répondit Gabriel.

Le jeune homme était amer. Son ami lui échappait de plus en plus, et il se sentait victime collatérale de l'amour de ces deux-là, même s'il ne l'aurait avoué pour rien au monde. Quand il avait rencontré François au lycée quelques années auparavant, il s'était senti immédiatement apaisé et moins seul, et avait réussi à traverser les affres du divorce grâce au soutien de celui-ci. Et Jacqueline avait beau être une chic fille, il vivait assez mal ce nouvel abandon.

Lorsque les deux garçons passèrent la grande porte de l'Université, ils furent éblouis par la lumière. Rare en ce mois de mars glacial, l'astre solaire avait décidé de faire une apparition soudaine, donnant ainsi un regain d'énergie à toute la ville. Les promeneurs paraissaient plus joyeux, le printemps n'avait pas encore fait irruption, mais l'on sentait que bientôt la nature reprendrait ses droits, et cela mettait du baume au cœur à tous les Nancéiens.

Un magnifique sourire illumina le visage de François lorsqu'il découvrit sa petite amie qui le cherchait des yeux. Il se précipita vers elle avec fougue et l'enlaça. Gabriel, gêné, les regarda échanger un doux baiser. « *Quelle chance ils ont ces deux-là !* » songea-t-il. Au moment où Jacqueline s'aperçut de sa présence, elle se dégagea des bras de son amoureux et se tourna vers Gabriel.

— Bonjour Gabriel, comment s'est passé le cours ? François m'a dit que ce professeur se montrait toujours passionnant.

— Oui en effet, répondit-il sans grande conviction, ce qui n'échappa pas à la jeune femme.

— Quelle chance vous avez tous les deux ! Je m'ennuie tant au lycée, j'ai hâte de pouvoir m'inscrire à l'Université comme vous, ajouta-t-elle. Mais je ne pense pas que mes parents me laisseront devenir médecin.

— Vraiment ? s'étonna Gabriel. Ton père l'est pourtant lui-même !

— Lorsque j'évoque le sujet, il me fait bien comprendre que la place d'une femme se trouve à la maison. Ma famille n'est pas moderne du tout, tu sais. D'ailleurs, Maman partage ses idées et notre destin paraît tout tracé, à mon frère et à moi. À Pierre les études de médecine, à moi un beau mariage avec un homme riche. Franchement, comment peut-on encore raisonner ainsi en 1953 ?

— Allons, ne t'inquiète pas, lui lança François en riant, tu es déterminée et je te sens capable de te montrer convaincante quand il le faut. Concentre-toi sur ton bachot et ton père finira par céder.

— François n'a pas tort, renchérit Gabriel. Je dois filer, j'ai promis à Papa de rentrer tôt pour réviser.

— Nous verrons-nous ce week-end ? s'enquit son camarade.

Le visage de Gabriel se rembrunit.

— Pfff, cela m'étonnerait. Ma belle-mère a décidé une nouvelle fois de nous servir son repas de famille et je vais devoir me coltiner le gros Edmond toute la journée de dimanche.

Les deux amoureux pouffèrent de rire. Ils n'ignoraient pas le peu d'estime que Gabriel portait aux enfants de Marie.

— Cela passera vite, ne t'inquiète pas. Et tu n'auras qu'à dire que tu dois réviser pour fuir dans ta chambre, ajouta François.

— Compte sur moi !

Gabriel s'éloigna d'un pas vif, mais l'idée de ce repas dominical ne le réjouissait pas.

# 3.

Lorsque Marie apporta le rôti, elle ne put que constater à quel point l'atmosphère semblait glaciale autour de la table. Gabriel ne pipait pas un mot, le nez dans son assiette et le regard sombre. Jules tentait non sans mal d'échanger quelques paroles avec Edmond afin de meubler le silence. Quant à la jeune Monique, elle observait Gabriel d'un air dédaigneux, tout en arrangeant ses cheveux pour paraître à son avantage.

— Voilà un plat qui sent bien bon ! déclara Jules d'un ton faussement enjoué, tu nous as encore gâtés ma chérie.

— Une vraie chance d'avoir trouvé ce rôti ! Quand je suis passée devant chez le boucher, il était en train d'être livré et je me suis précipitée dans sa boutique. Je n'ai pas pu résister en voyant cette pièce de bœuf. C'est un mets un peu coûteux, mais nous pouvons quand même nous faire plaisir lorsque nous nous retrouvons en famille.

— Oui bien sûr, tu as raison, ajouta Jules. Même si toutes ces années de privation sont loin désormais, je n'oublierai jamais que je rêvais de viande toutes les nuits pendant la guerre. J'avais l'impression de sentir l'odeur dans mon sommeil !

Personne ne répondit et Jules poussa un soupir imperceptible. Ces moments lui pesaient de plus en plus, mais Marie s'entêtait à réunir leurs progénitures. Le médecin avait bien conscience que son fils se montrait très hostile, mais il n'avait pu se résoudre à lui en parler, pensant que cela finirait par s'arranger. Jules n'avait pas non plus beaucoup d'affinités avec ses beaux-enfants et se demandait souvent comment son épouse, si jolie et si brillante, avait pu mettre au monde des rejetons aussi falots et insignifiants. Edmond, en particulier, respirait la stupidité par tous les pores de sa peau et ne portait aucun intérêt à autre chose qu'à sa petite personne.

Monique semblait un peu plus fine que son frère, mais souffrait d'une prétention démesurée. À plus de vingt-quatre ans, elle n'était toujours pas mariée, car aucun garçon ne trouvait grâce à ses yeux. Elle ne cessait de répéter qu'elle ne voulait plus jamais manquer de rien et qu'elle n'épouserait qu'un homme riche. Gabriel la croisait souvent devant la faculté de médecine où elle rôdait dans l'espoir de se faire remarquer. Elle travaillait comme vendeuse dans une chemiserie du centre-ville où là aussi, elle passait ses journées à minauder, pour le moment sans succès.

— Maman, je dois te demander quelque chose.

Edmond venait de briser le silence avec un air embarrassé.

— Je t'écoute, que t'arrive-t-il donc ?

— Je voudrais m'installer ici avec vous pendant quelque temps.

Gabriel avait blêmi en entendant ces mots. Croiser ce pauvre type chaque matin devant son café ? Impossible !

— Mais pourquoi donc souhaites-tu déménager ? Voilà presque un an que tu habites dans ton petit appartement de la rue des Glacis et tu m'as fait comprendre que tu t'y plaisais beaucoup.

— C'est vrai, mais j'ai réfléchi. Ici, je serai plus près de mon travail. Je pourrai me lever plus tard, car je n'aurai que quelques minutes de trajet et en plus, j'économiserai le loyer. Et puis, la maison est grande, avec toutes ces chambres vides : un véritable palais !

Gabriel jeta un œil à son père, espérant une réaction de sa part, mais Jules restait impassible. Le jeune homme se raidit et faillit protester, mais il se retint et regarda Marie.

— Je ne sais pas Edmond, tu me prends de court, je ne m'attendais pas à cela. Et puis, cette maison appartient à Jules avant tout et donc, c'est à lui de décider.

Son mari avait pâli. L'idée de vivre avec son beau-fils au quotidien était loin de l'enthousiasmer, mais comment refuser sans vexer Marie ? Il voyait bien que celle-ci l'implorait discrètement.

— Bien sûr qu'Edmond peut s'installer ici, répondit Jules, il y a quatre chambres vides à l'étage.

Le jeune homme n'eut pas un mot de remerciement envers lui, et se remit à manger, le coude posé sur la table et la tête penchée sur son assiette. Jules observait son fils du coin de l'œil. Celui-ci ne manifestait aucune émotion apparente, mais son père, qui le connaissait bien, comprit immédiatement qu'il était en colère. À peine le dessert avalé, Gabriel se leva en marmonnant qu'il devait travailler et fila rapidement vers sa chambre.

— Je vais servir le café, Monique, en prendras-tu un aujourd'hui ? interrogea Jules.

— Non, je n'en veux pas, cela abîme ma peau, décréta la jeune fille d'un ton péremptoire.

Le médecin sourit en écoutant ces mots.

— Je n'ai jamais entendu dire cela, tu peux boire du café sans risque.

— Je l'ai lu dans « Elle » la semaine dernière pourtant, répliqua-t-elle manifestement agacée.

— Monique, ton beau-père est docteur, je pense qu'il sait de quoi il parle, intervint Marie.

— Ça m'étonnerait qu'il y connaisse quelque chose à la beauté, ajouta Monique en se dirigeant vers la porte. Je dois partir, une amie m'attend. À bientôt Maman.

— À bientôt, ma chérie.

Marie s'était levée pour aller embrasser sa fille, qui lui tendit nonchalamment la joue puis sortit sans un mot pour Jules. Edmond prit la parole en repoussant sa chaise à son tour.

— Je vais commencer à déménager mes affaires. Plus vite je pourrai lâcher mon appartement et mieux ce sera. À tout à l'heure.

Le jeune homme quitta la salle à manger d'un pas lourd. Marie était atterrée par l'attitude de ses enfants. Ce n'était pas la première fois qu'ils se comportaient l'un comme l'autre de manière aussi grossière vis-à-vis de Jules, mais elle se rendait compte qu'elle aurait dû intervenir.

— Je suis désolée, mon chéri. Je les ai mal élevés, je pense. Je vais parler avec Monique pour lui demander de faire preuve de respect envers toi.

— Ce n'est rien, répondit Jules en posant le bras sur celui de sa femme. Ils sont jeunes encore, et ce n'est sans doute pas si facile pour eux de voir leur mère remariée.

— Ce sont des adultes tout de même. Edmond a presque vingt ans et Monique, vingt-quatre. À leur âge, j'avais deux enfants.

— Nous vivons une autre époque. La guerre semble loin, et ils n'ont qu'une idée en tête : l'oublier et profiter de la vie qui s'offre à eux. Gabriel se comporte de la même façon, et je ne doute pas que ses frères et sœur aussi.

Le regard de Jules s'était brouillé tandis qu'il prononçait ces derniers mots. Cette blessure ne se refermerait jamais, malgré ses efforts désespérés pour tourner la page. Henriette l'avait quitté quatre ans plus tôt, sans rien lui dire, en emmenant ses cinq enfants. Ce jour resterait gravé pour toujours dans l'esprit de Jules. Quand il avait franchi la porte de la maison déserte en ce sinistre jour de juillet 1949, il avait instantanément compris que sa vie était en train de s'effondrer. Lorsqu'il avait foncé à la pharmacie d'Henriette pour tenter de la retrouver, il avait aussitôt réalisé que l'ignoble Simone, l'employée de son épouse, avait joué un rôle capital de briseuse de ménage. Il n'avait pu depuis, serrer dans ses bras Anne, Charles et les jumeaux, qu'à deux ou trois occasions. Seul Gabriel, l'aîné, avait réussi à résister à l'emprise de sa mère et de Simone pour revenir vers son père. Jules avait abandonné et renoncé à revoir ses plus jeunes enfants, devant la hargne des deux harpies.

Contre toute attente, celles-ci avaient décidé de vivre ensemble et le déshonneur avait envahi la famille Wagner. Elle avait connu la honte d'un divorce réprouvé par l'Église, mais surtout, l'humiliation suprême que Henriette ait quitté son mari pour s'installer avec une autre femme. Nancy avait bruissé de rumeurs et Jules s'était terré chez lui pendant des mois. La reconstruction était lente, mais réelle, grâce à Marie, mais reverrait-il un jour ses quatre petits ? Il balaya cette image de son esprit et sourit à Marie.

## 4.

Gabriel ne décolérait pas. Allongé sur son lit, le jeune homme se sentait envahi par la rage en repensant à la scène qui venait d'avoir lieu. Quand son père avait émis le souhait de se remarier, il s'était trouvé peiné et inquiet. Vivre en tête à tête avec Jules lui convenait à la perfection, après les mois éprouvants qu'il avait traversés au moment de la séparation de ses parents. Le soulagement avait ainsi été immense lorsque le juge avait accepté qu'il restât avec Jules tandis que ses frères et sœur étaient assignés à résidence auprès d'Henriette et de la monstrueuse Simone. Le médecin et son fils avaient cohabité avec bonheur pendant quelque temps, et Gabriel s'était senti à la fois libre et apaisé. La rencontre de Jules avec Marie n'avait clairement pas été une bonne nouvelle, mais le jeune homme avait fait contre mauvaise fortune, bon cœur. Il avait bien compris que son père ressentait le besoin d'une présence féminine à ses côtés et après tout, sa nouvelle épouse se montrait plutôt discrète. Mais que les rejetons de celle-ci viennent envahir son espace était tout autre chose, et Gabriel savait qu'il ne le supporterait pas. Il détestait Monique, mais surtout, abhorrait au plus haut point Edmond, qui était son exact opposé.

Petit et gras, celui-ci ne passait pas inaperçu dans cette période d'après-guerre où l'obésité n'existait pas, tant la faim et la malnutrition avaient régné sur le pays. Gabriel avait entendu Marie expliquer à maintes reprises qu'elle s'était privée de tout pour nourrir ses enfants et Edmond et Monique n'avaient manifestement manqué de rien. Malgré sa silhouette rondouillarde et son teint blafard de rouquin, le fils de Marie avait une haute estime de son physique et déployait des trésors d'ingéniosité pour paraître élégant, hélas, sans succès. Son absence totale de goût était criante, et Gabriel le trouvait souvent ridicule. Lasse de le voir inactif depuis son échec au certificat d'études, sa mère avait fini par lui dégoter un emploi de poinçonneur à la compagnie de tramways de Nancy. Edmond n'aimait pas trop se lever chaque matin pour se rendre au travail, mais s'efforçait de séduire les filles en prétendant être « pilote de véhicule » ce qui faisait beaucoup rire sa sœur.

« *Non, vraiment, cet être falot et prétentieux n'a pas sa place dans cette maison* », songeait Gabriel tout en tirant avec frénésie sur sa Gauloise bleue. Il entendit la porte de sa chambre grincer doucement et tourna la tête. Jules, l'air embarrassé, s'approcha de lui.

— Je venais m'assurer que tes révisions se passaient bien, Gabriel. Puis-je t'être utile à quelque chose ? Je sais que les cours d'anatomie sont parfois compliqués et je me disais…

— Tout va bien, je n'ai besoin de rien, répliqua le jeune homme, le visage fermé.

Jules toussota pour s'éclaircir la voix, manifestement gêné, et s'assit au bout du lit.

— Je suppose que tu n'es pas ravi à l'idée qu'Edmond s'installe à la maison.

— Non en effet : aucune envie de croiser ce mec tous les jours ? répondit Gabriel, en rallumant une cigarette avec le mégot de la précédente.

— Gabriel, tu ne devrais pas tant fumer, je te l'ai déjà dit.

— Tu le fais bien, pourtant.

— Ce n'est pas une raison. Il y a de plus en plus de preuves que le tabac est mauvais pour la santé. En ce qui concerne Edmond…

— C'est bon Papa, inutile d'essayer de me convaincre. Je le déteste, je le trouve prétentieux et d'une bêtise à faire peur.

— Je sais qu'Edmond manque parfois de finesse, mais, comprends-moi, Gabriel, c'est le fils de Marie.

— Et alors ? Il travaille, non ? Il gagne sa vie ? Pour quelles raisons devrais-tu l'entretenir ? Ce n'est pas ton fils. Tu ferais mieux de t'occuper de tes propres enfants.

Gabriel regretta instantanément ses propos. Il n'ignorait pas combien Jules souffrait de n'avoir aucune nouvelle des quatre plus jeunes. À lui aussi d'ailleurs, ses frères et sœur manquaient au plus haut point.

— Il ne s'agit pas de subvenir à ses besoins, tu le sais bien, mais simplement de le laisser disposer d'une des chambres inutilisées. La maison est grande et vide, il me paraissait difficile de refuser.

Jules se tut un moment, l'air embarrassé et songeur. Il posa la main sur le bras de son fils et se remit à parler à voix basse.

— Je te trouve injuste dans tes propos, Gabriel. Je pense chaque matin à Anne, Charles, Pierre et Joseph, et être ainsi séparé d'eux me fait souffrir bien plus que tu ne peux l'imaginer. Mais comment aurais-je dû réagir ? Me battre pour avoir le droit de les voir tous les quinze jours ? Subir les sarcasmes et l'agressivité de Simone et de ta mère à chaque visite ? Je n'en ai pas eu le courage au début, et puis le temps est passé. Quand tu es revenu à la maison, j'ai cru que les quatre autres allaient suivre. J'ai attendu, espéré, et ils ne sont pas venus. Je sais qu'ils ne sont encore que des enfants et que Henriette régente leur vie et décide pour eux. Mais je me dis qu'un jour, eux aussi, ils franchiront cette porte.

Gabriel ne répondit pas, touché par l'émotion de son père. Si seulement il pouvait convaincre ses frères et soeur de le revoir ! Depuis qu'il avait quitté brutalement sa mère quelques mois auparavant, il n'avait eu, pour ainsi dire, aucune nouvelle des siens. Il s'était rendu une unique fois devant le lycée d'Anne pour lui parler, mais n'avait pu la persuader de revenir vers Jules. Et il en était resté là, évitant le plus possible de penser à cet immense gâchis.

De temps à autre cependant, dans le silence de sa chambre, il se remémorait le temps de l'insouciance, et les moments heureux qu'il avait vécus lorsque les Wagner étaient encore une famille. Quand la guerre s'était achevée et que la France entière avait été inondée de bonheur, Gabriel y avait pris sa part. Il n'oublierait pas les voyages, à l'époque où ils se serraient tous les sept dans la magnifique DS rouge de Jules, son père chantant à tue-tête pour égayer le trajet, et sa mère tenant sur ses genoux le petit Pierre, qui riait à gorge déployée aux facéties de Charles. Il garderait gravés dans son souvenir les Noëls heureux à Thorigny, chez ses grands-parents Maurice et Madeleine, lorsque ses frères battaient des mains, excités par l'abondance de cadeaux.

Mais le jeune homme effaçait bien vite ces images de sa mémoire et sa colère reprenait alors le dessus. Comment

Henriette avait-elle pu faire voler en éclats ainsi le bonheur familial ? Comment avait-elle pu abandonner son père pour cette garce de Simone ? Car, il n'en doutait pas, tout ce désastre incombait à cette femme qu'il haïssait plus que tout. *« Reverrais-je Maman un jour ? ».* Il l'ignorait. Il avait esquissé quelques tentatives de rapprochement sans aucun succès. Lorsqu'il avait réussi son bachot, il avait écrit à Henriette pour lui annoncer, en espérant qu'elle se sentirait fière de lui. Celle-ci n'avait, hélas, pas réagi à ce message et l'adolescent en avait été horriblement triste.

— Gabriel, tu m'écoutes ? Tu ne dis rien.

— Que dois-je te répondre, Papa ? J'essaierai de supporter Edmond puisque je n'ai pas le choix.

— Ce n'est pas si terrible, soupira Jules. Et puis ce n'est sans doute que pour quelques mois. Bien sûr, ta vie est bouleversée depuis que j'ai rencontré Marie, mais que veux-tu, je l'aime et j'ai besoin d'elle.

Le médecin eut envie de rajouter «*je t'aime, toi aussi* », mais cela lui sembla extrêmement incongru. Il décida donc de se taire, se leva et quitta la pièce.

# 5.

Il faisait à peine jour quand Marie franchit la porte de la maison et elle frissonna, sans savoir si c'était l'inquiétude ou la fraîcheur de ce petit matin de printemps. Jules était sorti très tôt pour ses visites à domicile, comme à son habitude, et avait averti sa femme qu'il ne pourrait rentrer déjeuner. Elle jeta un rapide coup d'œil à droite et à gauche. La rue semblait déserte. Elle s'élança d'un pas vif et consulta sa montre tout en marchant. Le prochain train pour Metz partait dans quinze minutes, elle ne devait pas traîner. Elle accéléra encore l'allure et arriva à la gare de Nancy, distante de quelques centaines de mètres. Marie avait pris soin d'acheter son billet la veille, elle put ainsi se présenter directement au poinçonneur et grimpa d'un bond dans la micheline. Elle s'avança vers une place libre où elle allait s'installer, mais blêmit en reconnaissant un confrère de Jules. « *Quelle poisse* ! », songea-t-elle tout en affichant son sourire le plus distingué.

— Madame Wagner, quelle surprise ! Je vous en prie, asseyez-vous donc à côté de moi.

— Bonjour cher ami. Avec plaisir, je vous remercie.

— Il est bien tôt pour une jolie femme comme vous ! Qu'allez-vous faire à Metz ? Cette ville n'est pourtant pas des plus agréables à mon avis, ajouta le docteur Sidot.

— Je... je dois rendre visite à une tante âgée, et j'ai pensé qu'il valait mieux y aller de bonne heure pour être rentrée plus vite.

— Comme c'est aimable à vous de vous occuper ainsi d'une parente. Et où habite-t-elle ?

Marie rageait intérieurement, « *Mais de quoi se mêle-t-il, ce vieux beau ?* », songea-t-elle.

— Elle vit rue Serpenoise. Et vous même, cher ami, où vous rendez-vous donc de si bon matin ?

La femme de Jules avait choisi de détourner une conversation qu'elle trouvait dangereuse.

— Je dois m'entretenir avec un confrère à l'hôpital, afin de discuter le cas d'un de mes patients. Oh, non pas que je ne sache quoi faire, mais il me l'a proposé et je n'ai pas voulu le vexer.

Marie réprima un sourire, tant le docteur Sidot était connu dans toute la Lorraine pour son incompétence.

— Ah ! vous avez raison, c'est toujours mieux de réfléchir à plusieurs sur les dossiers complexes, Jules me le dit tout le temps.

Ils devisèrent encore un peu de choses et d'autres durant le trajet, et Marie se sentit soulagée lorsque le train entra en gare.

— Au revoir, cher ami, susurra-t-elle en lui tendant la main. Ah, si vous pouviez ne pas dire à Jules que vous m'avez croisée aujourd'hui, ce serait bien aimable de votre part. Vous comprenez, il déteste ma tante et m'a interdit de la voir.

— Bien sûr, Madame Wagner, ce sera notre petit secret, glousса le vieux médecin avec un regard salace.

La jeune femme s'éloigna sans ajouter un mot. Comme elle exécrait cet homme obséquieux ! Alors qu'il patientait à la station de taxis, elle se dirigea d'un pas assuré vers le centre-ville. Arrivée dans la rue Serpenoise, elle obliqua brutalement dans Enchaplerue puis fila rue de l'Abreuvoir, où une voiture noire l'attendait.

# 6.

Jules était épuisé lorsqu'il regagna enfin son domicile. Cette journée s'était montrée difficile, encore plus que d'habitude. La santé des Nancéiens laissait à désirer, près de huit années après la fin de la guerre. La malnutrition avait fait des ravages sur plusieurs générations, les logements s'avéraient humides et insalubres et les médicaments rares. Le docteur Wagner s'activait avec courage, mais se sentait souvent impuissant devant tant de malheur. Ce matin, il avait passé beaucoup de temps à prendre en charge une femme enceinte atteinte d'une mauvaise affection virale et avait dû l'amener lui-même à l'Hôpital Central, faute d'ambulance disponible.

Jules n'arrivait pas à s'habituer à la souffrance. Ses éminents professeurs n'avaient eu de cesse de lui répéter durant ses études qu'il devait absolument s'armer contre toute sensiblerie excessive, il n'y parvenait pas. Il traînait depuis l'enfance un sentiment de culpabilité face à la douleur d'autrui, qui avait certainement alimenté sa détermination à devenir médecin. La mort de son père à la guerre, quand il n'avait que sept ans, expliquait, sans doute possible, ses choix d'homme mûr. Comment oublier ce traumatisme ? Comment oublier le chagrin de sa mère alors qu'elle racontait en hoquetant à la voisine, comment Charles était resté de longues heures sur le champ de bataille sans personne pour le secourir ? Le petit Jules, caché derrière la porte et ravalant ses larmes, était devenu le bon docteur Wagner, adulé de ses patients, mais il se sentait toujours aussi impuissant devant la maladie.

Marie l'attendait en feuilletant un magazine. Elle se leva dès qu'elle le vit et s'approcha pour l'embrasser tendrement. Une délicieuse odeur régnait, comme d'habitude, dans la cuisine.

— Viens vite t'asseoir mon chéri, je te sers tout de suite, tu dois être affamé.

— Oui un peu, reconnut Jules en la serrant dans ses bras. Par moment, je me demande si je n'aurais pas mieux fait de choisir un autre métier.

— Bien sûr que non, tu es le meilleur médecin de la ville et être auprès de tes patients est ta plus grande joie, ajouta Marie

— Non, je me sens plus heureux quand je suis avec toi.

Jules regardait son épouse avec tendresse. Qu'il la trouvait belle, lumineuse, solaire ! Comme sa vie avait changé désormais !

— Qu'as-tu fait aujourd'hui, ma chérie ?

— Oh rien de spécial, répondit la jeune femme en s'affairant au-dessus du fourneau pour masquer son trouble. Tu sais, j'ai été bien occupée. J'ai rangé complètement la chambre d'Anne : tu te rappelles qu'Edmond emménage demain ?

Le visage de Jules s'assombrit. Non seulement il avait oublié l'arrivée imminente de celui-ci, mais surtout, il n'avait pas réalisé qu'il allait s'installer à la place de sa fille. Il y avait plus de trois ans qu'Anne n'avait pas remis les pieds dans la maison, mais le médecin n'avait touché à rien depuis, espérant secrètement qu'Henriette rentrerait avec leurs enfants.

— Non, j'y pensais, bien sûr, mentit-il. Mais qu'as-tu fait des affaires d'Anne ?

— J'ai tout descendu à la cave. Ne t'inquiète pas, j'en ai pris soin, ajouta Marie en souriant.

— Elle me manque tellement, tout comme ses frères. Tant que je n'avais pas rangé sa chambre, j'imaginais qu'elle serait bientôt de retour. Mais le temps s'écoule rapidement, je me rends compte qu'elle a dix-sept ans maintenant et qu'elle ne reviendra sans doute jamais.

— Gabriel t'a rejoint tout de même, tes enfants ne t'ont pas tous abandonné, Jules.

— Qui a abandonné qui ? Ne pensent-ils pas la même chose : que leur père les a oubliés ? Je n'ai pas eu la force de me battre, je le regrette souvent, mais les années sont passées et aujourd'hui c'est trop tard.

— Il n'est jamais trop tard. Tu reverras tes petits, j'en suis certaine.

Jules sentit que c'était le moment de confier autre chose à Marie. Il venait de terminer de manger, il attira son épouse vers lui et elle s'assit sur ses genoux.

— Il y a longtemps que je veux te raconter une histoire ancienne, ma chérie. Quelqu'un d'autre hante mes souvenirs depuis des années et me manque, même si je ne le connais pas.

— Tu m'intrigues beaucoup Jules. Décidément, je découvre ta vie petit à petit et celle-ci semble receler bien des mystères.

— Bien contre mon gré je te l'assure. Il faut que je te parle de Karl.

Marie se taisait, elle sentait bien qu'elle ne devait pas interrompre son mari, mais brûlait de curiosité. Qui était donc ce Karl ?

— Je t'ai raconté déjà que pendant la guerre, mon oncle est venu me rendre visite un jour au dispensaire, alors que je le pensais mort[2].

— Tu m'as relaté cette histoire, en effet. Mais je crois me souvenir que celui-ci s'appelait Ignace, et non pas Karl.

— Oui, Ignace, tu as raison. Après cette visite rapide, il a disparu à nouveau et nul ne sait ce qu'il est devenu. Ma mère a été très affligée, car elle aurait aimé le revoir. Mais il était poursuivi par la Gestapo et il a dû fuir Nancy. J'espère ardemment qu'il a réussi à s'échapper, mais je l'ignore. J'ai effectué quelques recherches que j'ai vite abandonnées. Ignace était en fait venu dans un but précis : me parler de Karl.

— Alors, qui est donc cet homme mystérieux ?

— Karl est mon demi-frère. Mon père a eu une liaison avec une jeune Allemande avant son mariage, ils avaient à peine dix-huit ans tous les deux, et un enfant est né de cette liaison : Karl.

— Comment ton oncle a-t-il eu vent de cette histoire ?

— Comme je te l'ai raconté, il s'est retrouvé dans la

---

[2] *« Les sapins d'Alsace parlent à voix basse », 2022.*

même tranchée que mon père à Verdun. Il se battait à ses côtés quand celui-ci a été, hélas, frappé par un obus ennemi. Mais il a eu le temps de demander à Ignace de récupérer son portefeuille, où se trouvait une photo de Karl, et de sa mère Hannah.

— Quelle histoire ! Mais comment peux-tu savoir qu'il s'agit de ton frère ?

— Quelques années plus tard, Ignace s'est rendu à Dürrenbach, le village où habitait Hannah, pour tenter d'éclaircir cette histoire. Il a appris que celle-ci avait en effet mis au monde un enfant de père inconnu, qu'elle était décédée de la grippe espagnole, et que le garçon était reparti vivre en Allemagne avec ses grands-parents. Et tu sais, la ressemblance entre ce jeune adolescent et Charles m'apparait frappante.

— Ce n'est pas une preuve.

— Non en effet. Mais pourquoi Papa aurait-il conservé une photo de cette femme et de cet enfant sur lui en pleine guerre ? Et il a murmuré à Ignace avant de mourir trois prénoms : le mien, celui de ma sœur Marguerite, et Karl.

— C'est troublant, évidemment. Je comprends que cela te préoccupe.

— Voilà dix ans que je n'ai cessé d'y penser. Les dernières années de l'Occupation, chaque fois que je croisais un soldat allemand dans les rues de Nancy, je le dévisageais avec attention, persuadé que j'allais finir par tomber sur Karl. À la Libération, j'ai tenté d'oublier cette histoire. De toute façon, il n'y avait plus aucun lien avec l'Allemagne, vaincue et ruinée, les communications apparaissaient difficiles, voire impossibles, et je ne disposais pas de l'ombre d'une piste. Mais aujourd'hui, le souvenir de ce frère me taraude et j'aimerais le retrouver s'il est encore temps.

— Je t'aiderai.

Marie avait répondu avec beaucoup de spontanéité et Jules se sentit heureux. Il n'était plus seul face à son histoire. Avec sa femme à ses côtés, il trouverait le courage de partir à la recherche de ce mystérieux Karl.

# 7.

Les examens de fin de semestre approchaient à grands pas et Gabriel sentait la panique monter en lui. Malgré les paroles apaisantes de son ami François, il n'était pas du tout confiant quant à l'issue de cette année universitaire. Certes, sa motivation à devenir médecin se montrait toujours aussi présente, mais ce qu'il devait ingurgiter l'ennuyait profondément. Cette première année était consacrée à des apprentissages de base dont il ne voyait pas le sens : physique, chimie, voire géologie. Ces matières étaient très loin de passionner le jeune homme, et il ne parvenait pas à empêcher son esprit de divaguer pendant les cours.

Dans le calme de sa chambre, il tentait ensuite de rattraper ces moments d'inattention, mais c'était en général peine perdue, tellement ses notes prises à la hâte apparaissaient incompréhensibles. Il demandait de temps à autre à François de lui prêter ses cours, histoire de saisir un peu mieux de quoi il s'agissait, mais n'osait plus le solliciter trop fréquemment, devant l'expression réprobatrice de son ami. Il restait des heures, allongé sur son lit, une cigarette à la main, faisant mine d'apprendre. Quand Jules passait la tête dans la porte, Gabriel prenait l'air absorbé d'un étudiant brillant et motivé, mais se demandait souvent combien de temps il allait pouvoir faire illusion. Le jeune homme se sentait inquiet pour la suite. Jules avait bien laissé entendre qu'il ne tolérerait aucun redoublement. Si Gabriel ne réussissait pas sa première année de médecine, il devrait chercher un emploi. « *Tu comprends, on manque de bras partout, et je ne peux imaginer que tu paresses à l'Université pendant ce temps.* » Au moins, les choses étaient claires.

Ce matin-là, le fils de Jules se sentait d'une humeur massacrante. Il avait récolté une mauvaise note lors des travaux pratiques de la veille, ce qui l'avait hanté une bonne partie de la nuit. Il s'était levé, épuisé, avec une migraine épouvantable, et se demandait bien comment il allait pouvoir s'y prendre pour rattraper le retard accumulé.

Quand il se dirigea vers la salle de bains, la porte était fermée.

— Occupé !

La voix aiguë d'Edmond lui parut insupportable.

— Qu'est-ce que tu fous encore là ? Tu ne vas pas au travail aujourd'hui ? grommela Gabriel.

— Non, j'ai pris congé, susurra le fils de Marie.

— Dépêche-toi alors, mes cours commencent dans moins d'une heure !

Edmond ne répondit pas. Gabriel était excédé. Au bout d'un moment qui lui sembla interminable, il tambourina à nouveau à la porte. Enfin, Edmond daigna sortir. Il empestait l'eau de Cologne à des kilomètres, et avait gominé ses cheveux avec soin. Il avait enfilé son pantalon du dimanche et une veste à carreaux improbable, qui le faisaient ressembler à un clown. « *Je le trouve pathétique* », songea Gabriel.

— Quand même ! Tu en as mis du temps ! Et où vas-tu donc, attifé ainsi ?

— Tu ne peux pas comprendre mon petit, répliqua Edmond d'un ton dédaigneux, j'ai rendez-vous avec une demoiselle, quelque chose qui ne t'arrivera jamais.

— Pauvre type...

Sans laisser à Edmond le loisir de répondre, le fils de Jules claqua avec force la porte de la salle de bains. Il ne le supportait plus. Il ne pouvait faire un pas dans la maison sans le croiser, avec son air arrogant et fat. Jules et Marie n'osaient aucune remarque sur son comportement désinvolte, et semblaient sans cesse prendre son parti, quand Gabriel s'avisait d'élever la voix envers le gros garçon. Oui, sa vie avait bien changé depuis que le fils de Marie s'était installé avec eux et Gabriel se demandait parfois s'il n'aurait pas mieux fait de rester chez sa mère.

Que devenait Henriette ? Il y avait près de neuf mois qu'il n'avait pas eu de nouvelles d'elle alors même que la pharmacie se trouvait à quelques centaines de mètres de la maison. Il était souvent allé y rôder au début, mais avait cessé rapidement, constatant combien cela le faisait souffrir. La décision de partir avait été la sienne, bien sûr, mais jamais il n'aurait imaginé que sa mère lui tournerait le dos aussi facilement. Henriette ne s'était, certes, jamais montrée très maternelle, mais, sous l'emprise de Simone, elle paraissait avoir renié son fils pour toujours.

Jetant un œil à sa montre, le jeune étudiant s'aperçut qu'il était en retard, comme d'habitude, et dévala les escaliers à toute allure. En pénétrant dans la cuisine, il vit que Marie était en train de tartiner les biscottes d'Edmond et cela lui brisa le cœur. Il ressortit aussitôt et attrapa son manteau.

— Gabriel, tu ne veux pas déjeuner ? s'enquit Marie.

Mais ce dernier avait déjà filé. Son cartable à la main d'où dépassait la blouse blanche roulée en boule, il courait, hors d'haleine, le long de l'immense boulevard Jean Jaurès, qui menait à l'Université. Manquant de se faire renverser par un tram, dont le conducteur l'insulta copieusement, il passa devant la gare en toute hâte et arriva à la fac juste à temps.

# 8.

— Brrr, ça caille, je ne sens plus mes doigts !

Gabriel s'approcha de la cheminée où Marie attisait le feu, pour se réchauffer un peu. Sa belle-mère lui sourit, heureuse de créer un moment de complicité avec son beau-fils. En cette fin de janvier 1954, l'hiver avait englouti le pays entier avec une rigueur que beaucoup n'avaient jamais connue. Une vague de froid sans précédent s'était abattue sur la France après un automne plutôt clément. Les habitants de Nancy vivaient régulièrement des saisons glaciales, mais celle-ci semblait hors norme. La veille, le thermomètre était descendu à moins dix-huit degrés, un record absolu. La Meurthe était gelée, comme d'ailleurs la plupart des cours d'eau.

— Oui, c'est à peine croyable, nous n'avons jamais vu cela. Ce matin, il y avait même du givre à l'intérieur des fenêtres lorsque nous nous sommes levés, déclara Marie.

— L'amphithéâtre est glacial, c'est dur d'être concentré avec le cerveau aussi engourdi.

— Ne te plains pas, Gabriel, nous avons beaucoup de chance, lança Jules, qui venait de pénétrer dans le salon. Si tu savais le nombre de personnes qui ne disposent pas de chauffage ! Je sors de chez un patient qui habite au sud de la ville. Lui, sa femme et ses enfants, sont serrés les uns contre les autres dans un grand lit qu'ils ne quittent pas tellement le froid se montre saisissant. Ils ne peuvent pas acheter du bois, faute d'argent.

— Et, évidemment, tu leur en as laissé un peu, intervint Marie d'un air réprobateur.

— Oui, répondit-il. Que faire, face à toute cette indigence ? Tu aurais agi de même, je n'en doute pas.

— Je comprends ce que tu peux ressentir Jules, mais tu ne peux pas porter toute la misère du monde ainsi, mon chéri. Tu dois aussi nourrir ta famille, ne l'oublies pas.

— Et je dois également payer une pension alimentaire astronomique, grommela son mari.

Jules ne supportait pas de devoir verser chaque mois une énorme somme à Henriette, qui avait choisi de le quitter.

— Oui, en effet. Tu ne peux donc pas te permettre de travailler sans te faire rétribuer et, en plus, en laissant de l'argent à tes malades, répondit Marie avec vivacité.

— Nous en avons déjà parlé. Tu sais bien que c'est exceptionnel.

Gabriel écoutait la conversation sans dire un mot. Il se sentait fier de son père qui pratiquait une médecine humaniste et généreuse, ce qui n'était pas le cas de nombre de ses confrères. Jules était un modèle pour le jeune étudiant, qui se jurait de suivre sa voie.

— Tu as entendu cet appel hier à la radio ?

Gabriel venait d'intervenir.

— Non, mais j'ai lu cela dans la presse ce matin, répondit Jules. Cet abbé Pierre a raison, nous ne pouvons pas rester les yeux fermés face à tous ces gens qui meurent de froid dans les grandes villes. D'ailleurs, je vais aller porter quelques couvertures à la Croix-Rouge demain, en faisant mes visites.

— Je n'ai entendu parler de rien. De quoi s'agit-il ?

Marie était intriguée.

— Tiens, regarde donc cet article, répondit Jules en lui tendant « l'Est républicain » du jour.

Elle saisit le quotidien et se mit à lire :

*« Mes amis, au secours ! Une femme vient de mourir gelée. À Paris, chaque nuit, ils sont plus de deux mille, recroquevillés sous le gel, sans pain, plus d'un presque nu. Écoutez-moi : deux centres de dépannage viennent de se créer, ils regorgent déjà, il faut en ouvrir partout. Chacun de nous peut venir en aide aux sans-abris. Il nous faut cinq mille couvertures, trois cents grandes tentes américaines, deux cents poêles catalytiques. Déposez-les vite à l'hôtel Rochester, 92, rue La Boétie. Rendez-vous des volontaires et des camions pour le ramassage des couche-dehors, à vingt-trois heures, devant la tente de la rue de la Montagne-Sainte-Geneviève. Grâce à vous, aucun homme, aucun gosse, ne couchera ce soir sur l'asphalte ou les quais de Paris. Merci. »*

— C'est terrible.

Marie avait pâli en lisant ces mots.

— Cet homme me paraît formidable et il a raison. Qui est-ce ? ajouta-t-elle en se tournant vers son mari, un politicien ?

— Pas du tout, enfin pas tout à fait. C'est un prêtre, un ancien résistant dont j'ai beaucoup entendu parler pendant la guerre. Son nom dans les réseaux clandestins était l'abbé Pierre, il l'a conservé ensuite. Il a été député de Meurthe-et-

Moselle pendant de nombreuses années, mais il a fini par quitter l'Assemblée pour revenir s'occuper des plus démunis.

— Il a l'air formidable, murmura Marie. J'irai demain proposer mes services à la Croix-Rouge.

— Ce prêtre a fondé une association qui s'appelle Emmaüs. Je ne sais pas si elle existe déjà dans la ville, mais tu devrais te renseigner.

— D'accord, je verrai cela.

La porte s'ouvrit sur un Edmond grelottant et trempé. Il ôta son bonnet et s'assit devant le feu, sans un bonjour.

— Ça y est, il neige. Cela va être vraiment compliqué d'aller bosser demain. À vrai dire, cela ne me déplairait pas de rester à la maison s'il est impossible de sortir, je suis un peu fatigué en ce moment.

— Fatigué de quoi ? murmura Gabriel entre ses dents.

— Que dis-tu Gabriel ? interrogea Marie.

— Rien. Je monte dans ma chambre pour travailler avant le dîner.

— D'accord. Le repas sera servi dans une heure, répondit Marie.

Edmond, avachi sur un fauteuil, avait ôté ses souliers et regardait distraitement le journal posé devant lui.

— Tu as vu cet homme formidable ? lui demanda sa mère.

— Qui donc ?

— L'abbé Pierre.

— Ah oui, celui qui s'occupe des clochards ? J'en ai vaguement entendu parler.

— Tu sais Edmond, tous ceux qui dorment dans la rue ne sont pas des vagabonds, Jules venait d'intervenir. Depuis la fin de la guerre, nous manquons cruellement de logement et certains vivent dehors bien malgré eux.

— Des ivrognes, oui ! Tu es bien naïve. Quand je les croise, je le vois bien. Je me dépêche de changer de trottoir, car ils ne me rassurent pas trop. Et puis à vrai dire, cela m'importe peu, c'est leur vie après tout.

Jules ne disait rien et écoutait Edmond avec dégoût. Il s'assit sur le canapé et alluma une cigarette. Il supportait de moins en moins son beau-fils qu'il trouvait prétentieux, égoïste et sans intérêt, et avait hâte que celui-ci reparte vivre ailleurs. Mais comment en parler à Marie ? Il ne parvenait pas à s'y résoudre, craignant que la situation du jeune homme se transforme en un sujet de discorde entre eux. Il avait toutefois conscience que les relations entre Edmond et Gabriel étaient en passe de devenir explosives. Les deux garçons semblaient si différents ! Le médecin, bien que reconnaissant certains travers à son propre fils, le trouvait tellement plus intéressant et intelligent. « *Est-on objectif lorsqu'on doit juger des qualités de son enfant ?* » se demandait-il.

Il n'empêche que ces tensions à la maison apparaissaient de plus en plus difficiles à vivre et il se dit qu'il n'éviterait pas une discussion avec Marie à ce sujet.

# 9.

— Je voudrais aller à Paris demain, cela ne te dérange pas ?

Jules se tourna vers sa femme et la regarda d'un air étonné.

— À Paris ? Mais pourquoi donc ?

— Je t'ai déjà parlé de ma cousine Arlette qui habite là-bas. Elle m'a proposé de passer quelques jours chez elle, pour bavarder et évoquer nos vieux souvenirs de famille.

— Pourquoi pas, oui, mais… demain ? C'est peut-être un peu précipité, non ? répondit Jules, perplexe.

— C'est vrai, j'aurais dû t'en dire un mot avant, mais, je n'ai reçu sa lettre qu'hier. Et puis j'ai appris que le salon des arts ménagers allait ouvrir ses portes, et je me suis dit que c'était l'occasion. Tu sais combien je rêve d'une machine à laver électrique.

— Tu ne connais pas Paris, je crains que tu te perdes. C'est une ville immense !

— Ma cousine viendra me chercher à la gare, elle me l'a promis.

— Mais nous pourrions nous y rendre ensemble. Si tu me donnes un peu de temps, je pourrais m'organiser avec un de mes confrères.

— Non, non, ne t'inquiète pas, je peux y aller seule. Et ces bavardages entre filles vont sûrement t'agacer.

Marie riait à gorge déployée pour masquer son trouble.

— D'accord, ma chérie, ajouta Jules, un peu étonné, comme tu voudras, je te laisse libre bien sûr.

Le médecin embrassa Marie et sortit pour rejoindre son cabinet. Dans l'escalier, il semblait songeur. *« C'est tout de même curieux, elle n'est jamais allée à Paris. Je pense vraiment que son voyage est plus motivé par la machine à laver que par Arlette ! »*. Il haussa les épaules en se disant que les femmes se montraient parfois bien surprenantes et ouvrit la porte de la salle d'attente.

*

Marie préparait ses affaires et semblait fébrile. Elle ne s'absenterait que trois jours et n'avait donc pas besoin de grand-chose, mais elle y réfléchissait avec soin. Entre deux corsages, elle glissa avec précaution une petite boîte noire et boucla son bagage. Son mari avait insisté pour l'accompagner à la gare, pourtant distante de quelques centaines de mètres seulement. Se doutait-il de quelque chose ? Elle sourit à Jules qui l'attendait devant la porte, son éternelle Gauloise vissée à ses lèvres. Elle s'installa à la place du passager et il démarra aussitôt. Quelques minutes plus tard, ils arrivèrent à la gare, déserte en cette heure matinale. Marie se serra contre son époux et l'embrassa tendrement.

— À vendredi, mon chéri, et surtout, ne t'inquiète pas, Arlette prendra soin de moi.

— Bon voyage. J'espère que tu as emporté de la lecture, car il faut plus de trois heures pour atteindre Paris.

— J'ai tout prévu, répondit Marie en riant.

Elle empoigna sa valise et s'éloigna. Elle ferma les yeux, à peine installée dans le wagon de première classe et, lorsque le train s'ébranla, elle dormait déjà. Trois heures plus tard, la locomotive entra en gare et ralentit dans un crissement de freins. La jeune femme fut l'une des dernières à descendre de la rame. Elle était impressionnée par l'immensité de l'endroit, elle qui n'avait jamais quitté la Lorraine. Elle jeta un coup d'œil discret derrière elle, puis s'avança dans le hall, un peu perdue. Elle avait soigneusement étudié le plan des lieux et essayait de se remémorer le chemin qu'elle devait maintenant suivre. Tout à coup, elle aperçut un panneau indiquant la sortie vers la rue d'Alsace et elle se sentit rassurée. En quittant de la gare, elle regarda à nouveau autour d'elle et, ne voyant rien de suspect, s'approcha d'une DS noire qui manifestement l'attendait.

# 10.

Trois jours plus tard à l'heure dite, Marie franchit le seuil de sa maison et s'écroula dans un fauteuil avec un soupir de soulagement. Que c'était agréable de rentrer chez soi ! Ces trois journées s'étaient montrées éprouvantes, et la jeune femme manquait cruellement de sommeil. Elle espérait bien que Jules ne s'en rendrait pas compte et elle se leva pour aller se mettre un peu de poudre et de rouge à lèvres. En défaisant ses bagages, elle attrapa la précieuse petite boîte noire et la glissa rapidement dans son tiroir de lingerie.

Lorsqu'elle entendit la porte d'entrée claquer, elle dévala les escaliers et se jeta dans les bras de son époux qui venait d'arriver.

— Quel bonheur de te voir !

— Hé là ! dit Jules en souriant, tu as l'air vraiment heureuse d'être de retour. Ce séjour chez Arlette a donc été si pénible ?

— Non, non, pas du tout, répondit Marie avec vivacité,

mais Paris est une ville épuisante, et je n'ai pas l'habitude de me sentir loin de toi.

— Je t'avais prévenue, ajouta-t-il avec un clin d'œil malicieux. Et cette machine à laver alors ? T'es-tu décidée ?

— Oh, figure-toi que je n'ai pas eu le temps de me rendre au salon des Arts ménagers. Arlette m'a traîné dans les magasins et le séjour est passé très vite.

— C'est très bien aussi. Je suppose que tu as acheté quelques nouveautés parisiennes ? J'ai hâte de voir cela !

— À vrai dire… non. Je n'ai pas eu envie de dépenser inutilement. J'ai juste conseillé ma cousine dans ses emplettes.

— Ah vraiment ? Quel dommage, pour une fois que tu avais l'occasion de visiter de belles boutiques ! Tu me dis toujours pourtant que tu as bien souffert de ne pas pouvoir te montrer coquette pendant la guerre.

— Oui, c'est exact. Mais là, je n'ai rien trouvé. J'y retournerai. Je m'apprêtais à faire une omelette aux champignons, qu'en penses-tu ?

La jeune femme, peu à l'aise avec cette conversation, avait préféré changer de sujet.

— C'est parfait ! Je t'avoue que je n'ai pas beaucoup cuisiné en ton absence et les garçons se sont débrouillés aussi. Je les ai à peine croisés. J'ai juste entendu des éclats de voix un soir, alors que je montais l'escalier.

Marie se rembrunit en écoutant ces mots. Le conflit entre son fils et celui de Jules était passé au second plan durant son voyage, mais il subsistait. Elle avait systématiquement fui toute discussion sur ce sujet avec son mari depuis des semaines, mais elle sentit qu'elle ne pouvait pas reculer.

— Vraiment ? Cela me chagrine beaucoup, j'avais espéré qu'ils finiraient par s'accorder tous les deux. Après tout, ils ont presque le même âge.

— Mais ils sont très différents, Marie, reconnais-le ! Ce n'est pas simple pour Gabriel, il avait pris l'habitude de vivre seul avec moi. Quand nous nous sommes rencontrés, il l'a accepté et nous avons réussi à cohabiter tous les trois. Mais la présence d'Edmond semble plus difficile pour lui. Tu n'ignores pas que Gabriel souffre d'être privé de ses frères et sœur depuis plusieurs mois. Voir ton fils s'installer ainsi dans la chambre d'Anne est rude. Elle lui manque tant !

— Tu exagères tout de même, répliqua sa femme d'un ton vif. Edmond vit sa vie sans nous gêner, et il ne se montre pas désagréable du tout. Figure-toi que moi, je me sens bien contente de l'avoir à nouveau près de moi.

— Bien sûr, je comprends. Quand même, nous n'allons pas nous disputer à cause d'eux, ma chérie ! De toute façon, Edmond ne devrait pas tarder à quitter la maison et cela réglera le problème.

Marie ne répondit pas. Elle avait conscience que cette question paraissait insoluble. Chacun d'eux trouvait des circonstances atténuantes à son enfant et manquait d'objectivité. Il fallait donc se résoudre à la patience et attendre que les garçons volent enfin de leurs propres ailes. Mais Gabriel achevait à peine sa première année de médecine, et la femme de Jules savait bien qu'il vivrait avec eux encore longtemps. La porte s'ouvrit et Edmond fit son apparition, la mine boudeuse. Il daigna tout de même esquisser un sourire en apercevant sa mère.

— Ah ! Maman, te voilà rentrée !

Il s'approcha de Marie et lui tendit la joue distraitement.

— Et que nous as-tu préparé de bon pour ce soir ? ajouta-t-il en s'asseyant à table, sans un regard pour son beau-père.

— Une omelette aux pommes de terre, murmura-t-elle, d'un air dépité.

Son fils n'avait même pas fait mine de s'intéresser à son séjour parisien. « *Quel égoïste* ! », songea Jules. Il sourit à sa femme pour lui témoigner son soutien, car il voyait bien que Marie était déçue de l'attitude d'Edmond.

— Mon voyage s'est bien passé, dit-elle encore, mais Edmond ne montra aucune réaction et elle n'insista pas.

— Je vais appeler Gabriel, intervint Jules en se levant, j'imagine que nous allons nous mettre à table vu les bonnes odeurs qui se dégagent de ta poêle.

— Oui en effet, je vais servir le repas.

Quelques instants après, Gabriel fit son entrée et s'installa, après avoir embrassé sa belle-mère. Le jeune homme semblait de belle humeur.

— Alors ce séjour à Paris ? En as-tu bien profité ? Je rêve d'y aller, tu sais. Papa m'a promis que si je réussissais mes examens, nous irions visiter la capitale tous les deux.

Gabriel sourit à son père. À vingt ans, il n'avait jamais quitté Nancy et avait des envies d'ailleurs. Et puis l'idée de se retrouver seul avec Jules pour quelques jours lui plaisait. Il se rendait compte du bonheur de celui-ci depuis qu'il avait épousé Marie, mais leur complicité antérieure lui manquait cruellement.

— Moi j'y suis déjà allé deux fois, fanfaronna Edmond, en se tournant vers Gabriel. Le Moulin-Rouge, le French Cancan, mon petit gars, tu n'imagines même pas les belles poulettes, ajouta-t-il avec un clin d'œil salace.

Le fils de Jules bouillait intérieurement. « *Quel cuistre*, pensa-t-il, *rien ne l'intéresse à part les femmes qu'il ne peut pas avoir, vu sa laideur et son embonpoint* ».

— À vrai dire, cela ne me passionne pas vraiment, répondit-il. Nous avons plutôt prévu d'aller faire le tour des monuments de Paris : la tour Eiffel, le Louvre, le Panthéon.

Et puis visiter le Quartier latin, voir la Sorbonne. J'ai hâte de découvrir tout cela, Papa.

Jules sourit à son fils.

— Alors tu sais ce que tu dois faire, Gabriel. Ne relâche pas tes efforts, tu vas y arriver.

Le médecin n'ignorait pas que les notes du jeune homme aux examens de milieu d'année s'étaient avérées médiocres, et il se sentait un peu soucieux, mais tentait de ne pas le montrer.

— Vu ses résultats, cela m'étonnerait beaucoup qu'il devienne un jour docteur.

Edmond venait d'intervenir.

— Mais, ne t'inquiète pas mon petit gars, ils embauchent à la compagnie du tram, tu pourras toujours poinçonner des billets, ajouta-t-il, narquois

— Edmond, je t'en prie.

Sa mère le toisait d'un air réprobateur. Il se leva en haussant les épaules et quitta la pièce sans un regard pour elle.

# 11.

## Mai 1954

Gabriel avançait d'un pas lent vers la maison de son père. Il ne savait pas si la tristesse l'emportait sur la colère, mais en tout cas, il ne se sentait pas dans son assiette. Ce matin-là, accompagné bien sûr de François, il s'était précipité vers la faculté de médecine, afin de consulter les résultats de l'année universitaire qui venaient d'être affichés. La déception s'était avérée immense : il avait échoué à ses examens, aux portes de la moyenne malgré le travail acharné des dernières semaines. François, qui avait réussi avec brio, avait tenté de le réconforter, mais Gabriel l'avait vite planté là, pour ruminer sa rage. « *Franchement, le doyen aurait pu se montrer plus indulgent. Un quart de point seulement... est-il sérieux ? Je sais qu'il m'a dans le nez à cause de mes retards, mais tout de même ! Il y a au moins une cinquantaine d'étudiants qui ont obtenu juste la moyenne, et je suis le seul à être recalé de cette façon. Comme je les hais, tous ces mandarins qui se pensent sortis de la cuisse de Jupiter* ».

En arrivant devant la porte, le jeune homme se sentit encore plus mal. Il allait devoir annoncer à son père la mauvaise nouvelle, et il imaginait la déception de Jules. Certes, les études de médecine paraissaient de plus en plus difficiles, bien plus qu'avant-guerre, quand ce dernier était lui-même carabin, mais il n'empêche que Jules fondait beaucoup d'espoir dans la réussite de son fils. Il avait souvent évoqué avec les yeux brillants le moment où Gabriel allait s'installer avec lui. Le jeune homme s'était bien gardé de lui dire qu'il voulait devenir psychiatre et non pas médecin de famille : il serait bien temps de discuter de tout cela plus tard. En attendant, alors qu'il grimpait les escaliers quatre à quatre, il s'imaginait déjà poinçonnant des tickets avec Edmond à la Compagnie des trams de Nancy, et cela le mit en rage.

La maison paraissait déserte quand il arriva et il poussa un soupir de soulagement. Son père se trouvait à son bureau pour ses consultations du matin, Marie était sortie faire quelques courses et ce benêt d'Edmond était parti au travail. Cela lui laissait donc quelques heures de répit avant d'annoncer son échec. Il monta dans sa chambre, s'assit sur le rebord de la fenêtre et alluma une cigarette, puis une deuxième. Il regarda les volutes de fumée s'élever dans le ciel et il se sentit triste. Quel gâchis ! Edmond avait sans doute raison, il ne serait jamais docteur, il était un raté, loin d'être à la hauteur de Jules. Car ce dernier avait achevé sa médecine tout en étant père de famille. Gabriel, puis Anne et Charles étaient nés pendant ses études, ce qui n'avait pas empêché Jules d'atteindre son objectif, grâce à une détermination sans faille. « *Et moi qui n'avais rien d'autre à penser qu'à travailler... je n'ai pas été foutu de réussir. Quel minable je fais !* »

Il resta ainsi toute la matinée, fumant cigarette sur cigarette, allongé sur son lit, envahi de réflexions tristes. Lorsqu'il entendit l'escalier grincer, il sentit la panique le gagner. Jules allait entrer d'une seconde à l'autre et il faudrait alors lui annoncer la mauvaise nouvelle. Il s'assit face à la porte et attendit. Quand Jules pénétra dans la chambre, il comprit immédiatement en voyant le visage fermé de son fils.

— Tu as échoué, c'est cela ?

— Oui.

Gabriel avait murmuré ce simple mot puis allumé une nième Gitane avec un air de défi.

— Je ne me sens pas capable d'être médecin, Papa, reprit-il, je ne sais même pas pourquoi j'ai essayé. Sans doute pour imiter François qui reste mon seul ami et probablement parce que je n'avais aucune autre idée. Je n'ai aucun talent.

— Gabriel, tu ne dois pas te décourager ainsi, voyons. Si j'avais pensé que tu pouvais ne pas réussir, je ne t'aurais pas laissé t'embarquer dans des études aussi difficiles. Mais je crois vraiment que tu peux y parvenir.

Le médecin s'était assis au bord du lit de son fils et le regardait avec affection.

— Il est évidemment regrettable que tu aies échoué, reprit-il, et tu n'as sans doute pas autant cravaché que tu aurais dû. Mais tout n'est pas perdu, il reste la session de septembre, et, en te donnant les moyens, tu peux y arriver.

— Non, je ne recommencerai pas, Papa, je n'ai aucune envie de foirer à nouveau et d'être la risée de tout Nancy.

— Gabriel, je t'en prie, fais preuve d'un peu d'humilité ! Tu n'as pas fait tout cela pour rien. Tu viens de traverser quelques années difficiles, avec notre divorce et la rupture avec ta mère, je le sais, mais c'est le moment de déployer tes ailes. Réussir tes études, c'est l'assurance de te sentir libre et de pouvoir te construire un avenir.

— N'insiste pas, Papa, s'il te plaît.

Jules passa la main dans les cheveux de son fils et se leva. Il avait compris qu'il était inutile de poursuivre ce dialogue aujourd'hui. Il lui en reparlerait dans quelque temps et tenterait de le convaincre. Sa propre déception s'avérait immense, mais elle n'avait que peu d'importance face à celle de Gabriel.

— Je crois que le déjeuner nous attend. Edmond ne rentre pas manger avec nous. Viens.

Jules referma la porte doucement et se dirigea vers la cuisine, où Marie patientait. À peine fut-il entré qu'elle l'interpella.

— Alors, les résultats de Gabriel ?

— Il a échoué. De peu.

— Flûte, pas de chance.

— Et sans doute, pas suffisamment de travail, ajouta Jules. Que veux-tu, c'est ainsi ma chérie, nos enfants font leurs expériences personnelles et construisent leur propre vie. À part les réconforter et les guider s'ils nous le demandent, nous sommes impuissants.

— Bien sûr oui, mais tout de même, quelle déception pour toi !

— Je m'en remettrai. Je vais l'aider à bûcher pendant l'été, Gabriel a besoin de mon soutien. S'il te plaît, ne lui parle de rien, il est déjà assez affecté.

— Ne t'inquiète pas, répondit sa femme.

Ils entendirent Gabriel dévaler l'escalier et Marie s'affaira pour servir. Pendant tout le repas, le jeune homme ne desserra pas les dents. Son père et sa belle-mère devisèrent de choses et d'autres sur un ton faussement enjoué, mais la tristesse de tous s'avérait évidente. À peine la dernière bouchée avalée, Gabriel s'éclipsa et remonta dans sa chambre sans un mot.

Il avait promis à François de le rejoindre à l'Excelsior vers cinq heures et il dut se faire violence pour s'extirper de son lit, où il avait passé une bonne partie de la journée. Il n'avait aucune envie de sortir, mais son ami l'attendait et il n'était pas question de lui faire faux-bond. Il avait juste imploré François de ne pas se retrouver dans leur café habituel, où se réunissaient tous les carabins, mais plutôt dans un autre bar situé à deux pas. L'Excelsior, que tous appelaient familièrement l'Excel, était un endroit somptueux et chargé d'histoire. Construit au début du siècle en pleine période de l'Art Nouveau, ce café immense était très vite devenu un lieu prisé de tous les habitants de Nancy. On y croisait non seulement de nombreux étudiants, mais aussi des jeunes actifs en quête de convivialité. Gabriel n'aimait pas trop cet endroit, peu intime, mais s'y rendait tout de même de temps à autre.

Lorsqu'il poussa l'énorme tourniquet qui donnait accès à la salle principale, il sut immédiatement qu'il avait commis une erreur. Edmond se trouvait là, avachi sur l'une des premières tables près de la porte, entouré d'un aréopage de filles vulgaires, et de deux ou trois garçons dans son genre. Gabriel fit semblant de ne pas voir le fils de Marie et obliqua directement vers la droite pour l'éviter, mais celui-ci le héla d'une voix forte.

— Alors mon petit vieux, on a raté ses examens comme ça ?

— Ta gueule, Edmond, murmura Gabriel entre ses dents.

— Ah on fait moins le malin maintenant, ajouta le jeune homme en se tournant vers ses amies. Figurez-vous mesdemoiselles, que ce monsieur avait la prétention de devenir docteur. Vous imaginez ? Un minable pareil ! Il n'y avait que lui pour y croire… Moi j'étais sûr qu'il allait se planter.

— Je t'ai dit de la fermer, répondit Gabriel, vert de rage.

— Oh ! le mec s'énerve, Edmond se déchaînait désormais, porté par les gloussements des filles qui l'accompagnaient. Est-ce que vous savez que la mère de ce blanc-bec est une gouine ? Peut-être que lui aussi d'ailleurs est un petit pédé.

Ce fut trop pour Gabriel, qui se rua sur le gros garçon et le roua de coups de poing. François, qui venait d'arriver à son tour, se jeta dans la bagarre pour les séparer et ramassa quelques claques au passage. Il attrapa Gabriel et l'entraîna vers la sortie sans un regard vers Edmond, toujours sur le sol et le nez en sang. Ils firent quelques pas en silence, puis Gabriel se mit à pleurer, secoué par d'énormes sanglots. Les deux camarades s'assirent sur un banc de la place Thiers toute proche et François passa son bras au-dessus de l'épaule de son ami.

— Calme-toi, mon vieux, ce n'est qu'un con, il te jalouse, car il n'a pas fait d'études.

— Je le déteste. Je ne peux continuer ainsi. Je vais quitter la maison.

— Ne dis pas de bêtises, où donc irais-tu ?

— Sous les ponts.

— Il n'y a pas de ponts à Nancy, répondit François en riant. Dédramatise, veux-tu ? Ce gros porc va bientôt partir et reprendre son indépendance.

— Il n'a pas l'air pressé. Il se la coule douce, Marie le dorlote, lave son linge, lui cuisine de bons petits plats : pourquoi abandonnerait-il tout cela ?

Toute la douleur de l'absence de sa propre mère transparaissait dans les propos de Gabriel. Henriette lui avait bel et bien tourné le dos depuis deux ans et ne s'était plus jamais manifestée. Il se remémorait souvent la scène qui avait présidé à son départ : Simone, la compagne d'Henriette lui hurlant dans l'escalier que s'il franchissait la porte, il ne pourrait jamais revenir, et sa mère, restant sans réaction. La reverrait-il un jour ?

— Rentre chez toi Gab. Va prendre une bonne douche et te changer, tu te sentiras mieux. Et tu devrais tout raconter à ton paternel, tu ne peux pas laisser passer ça.

— Oui, tu as raison.

Le jeune homme s'était levé. Il avait une allure lamentable avec sa chemise déchirée et sa joue tuméfiée. Il salua d'un geste François, et prit le chemin du retour. Il éprouvait une profonde tristesse. Quelle pitoyable existence que la sienne : sa mère l'avait abandonné, son père avait refait sa vie et privilégiait sa nouvelle compagne. Comptait-il pour quelqu'un ? Cette fois, il se sentait orphelin pour de bon. Si seulement Maurice, son grand-père adoré, était encore vivant, il aurait pu se réfugier auprès de lui. Mais Maurice était mort, trois ans auparavant, et Gabriel ne s'en était toujours pas remis.

En arrivant devant le domicile familial, il poussa la porte avec un énorme soupir et monta sans un bruit vers sa chambre. Sans une hésitation, il attrapa un petit sac de voyage dans sa grande armoire, y jeta à la hâte quelques vêtements et ses livres de cours. Quelques instants après, il claquait la porte avec rage.

*

Gabriel marchait sans but dans les rues de Nancy. La nuit commençait à tomber, mais la température semblait exceptionnellement douce pour un mois de mai. Quelques passants se hâtaient de rentrer chez eux après une journée de travail et croisaient Gabriel sans un regard pour ce jeune homme aux yeux tristes qui avançait d'un pas lent. Ce dernier ne savait pas où aller, il tentait juste d'éviter de rencontrer quelqu'un qu'il connaissait. Il voulait être seul, muré dans son désespoir.

Le fils de Jules se dirigea vers le parc Sainte-Marie tout proche. Ce jardin public était l'un des plus vastes de Nancy, mais Gabriel aimait beaucoup son caractère intimiste. Avant ce sinistre événement de juillet 1949, lorsque sa mère avait décidé de mettre fin brutalement à son mariage, les enfants Wagner s'envolaient souvent vers cet endroit, telle une nuée de moineaux. Ils avaient quartier libre, personne ne s'inquiétant de savoir comment ils occupaient leurs journées.

Avec Charles et Anne, ils entamaient de grandes parties de cache-cache dans ce parc de sept hectares qui se trouvait être un terrain de jeu exceptionnel. Ils grimpaient dans les immenses sapins centenaires, les séquoias et les hêtres pleureurs, se dissimulaient derrière les nombreux petits bosquets, se baignaient dans la mare aux canards où ils s'arrosaient copieusement en riant. Oui, le parc Sainte-Marie regorgeait de souvenirs d'enfance apaisants pour le jeune homme et il eut envie de s'y réfugier.

Lorsqu'il franchit la grille, il vit que la fermeture des lieux était prévue une heure plus tard et en fut contrarié. Il ignorait où il irait ensuite, il savait juste qu'il ne retournerait pas chez son père. Il avança le long de l'allée principale et fut saisi par l'odeur voluptueuse des magnolias encore en fleurs. Il s'assit sur un banc quelques instants et ferma les yeux, pour s'imprégner de cette senteur qu'il affectionnait particulièrement. Cet arbre aux ornements splendides faisait partie de sa vie depuis toujours. Il se souvint brusquement de sa tristesse, alors qu'il n'était qu'un tout petit garçon, quand les pétales commençaient à tomber. Il aurait aimé les raccrocher sur leurs tiges, il aurait rêvé que cette période de magnificence ne finisse jamais.

Au bout de longues minutes, il se leva et reprit son tour du parc, presque désert. Malgré la pénombre et grâce à la présence de nombreux réverbères, il pouvait admirer les massifs de fleurs colorées qui rehaussaient les immenses pelouses. En arrivant devant la maison alsacienne, il s'arrêta, mu par une idée subite. Cette jolie demeure typique avait été installée là pendant l'exposition universelle, une cinquantaine d'années auparavant, et n'avait jamais bougé depuis. Elle faisait désormais partie du paysage de ce parc pour les promeneurs du dimanche, mais était inaccessible depuis des années. Gabriel jeta un œil à droite et à gauche, et se glissa sous l'arche de pierre rouge qui matérialisait l'ancienne entrée du village alsacien. Il contourna la bâtisse et grimpa l'escalier de bois qui menait à la porte. Il tourna la poignée tout doucement, mais ne parvint pas à ouvrir celle-ci, visiblement verrouillée à double tour. Alors qu'il redescendait, il entendit soudain la voix du gardien dans le haut-parleur : « mesdames et messieurs, le parc s'apprête à fermer, veuillez-vous diriger vers la sortie ». Gabriel avait pris sa décision. Il se rencogna derrière un épais buisson et attendit ainsi de longues minutes.

Lorsqu'il osa abandonner sa cachette, le jardin public semblait désert et les lourdes grilles étaient hermétiquement closes. Les gardes avaient quitté les lieux, il était seul jusqu'au lendemain. Il ne se sentait pas inquiet, mais plutôt rasséréné d'être loin de tous ses problèmes. Il gravit à nouveau l'escalier de la maison de pierres rouges et s'approcha de la fenêtre. Enveloppant sa main dans son pull, il la brisa d'un coup sec, attrapa la poignée et l'ouvrit. Il se glissa lestement à l'intérieur. Au moins, il était au chaud pour la nuit.

Il ne dormit pas beaucoup, ressassant sans cesse les événements de la journée : son échec aux examens et sa bagarre avec Edmond. Il eut conscience que son père devait s'inquiéter et résolut d'aller le rassurer aussitôt que possible. Mais il ne retournerait pas à la maison tant que cet abruti s'y trouverait : rien ne le ferait changer d'avis. Il dénicherait bien une chambrette quelque part en ville et travaillerait pour payer le loyer. Le lendemain matin, dès l'ouverture du parc, il fila vers le cabinet médical de Jules.

*

À peine eut-il frappé que Jules surgit sur le pas de la porte. Son père avait les traits tirés de quelqu'un qui n'avait pas dormi.

— Enfin Gabriel, j'étais mort d'inquiétude, où te trouvais-tu donc cette nuit ?

— Je suis désolé, Papa, vraiment, répondit le jeune homme, embarrassé.

— Attends-moi là-haut, je termine ma consultation et je te rejoins dans le salon.

— Non, je ne veux pas monter. Je préfère rester ici.

Jules hésita un instant.

— D'accord. Je n'en ai pas pour longtemps.

Quelques minutes plus tard, la patiente de Jules sortit du bureau, suivie de près par le médecin, qui avait ôté sa blouse.

— Viens, allons faire un tour, dit-il à son fils.

Gabriel lui emboîta le pas sans un mot, dans la fraîcheur du petit matin.

— Que s'est-il passé avec Edmond ? Il nous a raconté que tu lui avais cassé la figure sans aucun motif. Marie est bouleversée.

— Ce n'était pas sans raison, Papa, mais peu importe : je ne reviendrai plus à la maison tant qu'il vivra là.

— Tu me mets dans une situation difficile, Gabriel. C'est le fils de Marie.

— Je comprends. Mais je suis décidé, je vais prendre une chambre en ville, je me débrouillerai.

— Et comment payeras-tu cette chambre ?

— Je trouverai un emploi.

— Et tes examens ?

— Je passerai le rattrapage en septembre et je réussirai. Je parviendrai à travailler et à étudier en même temps, je n'en doute pas.

Jules connaissait l'obstination de son rejeton. Il comprit vite que cela ne servirait à rien de tenter de le convaincre.

— J'ai une autre solution à te suggérer. J'ai vu le père et la mère de ton ami François, hier.

— Vraiment ? Mais pourquoi ?

— Gabriel, je m'inquiétais tant ! Je me suis dit que François saurait sûrement où tu étais parti. Il l'ignorait, mais nous avons discuté longuement avec ses parents et ils ont proposé de t'héberger pour quelque temps.

— C'est chouette de leur part, répondit Gabriel.

— Ils t'attendent dès que tu le souhaites. J'ai offert de payer une petite somme pour les dédommager, mais ils n'ont pas voulu en entendre parler. Je te demande juste de bien te comporter pour me faire honneur et de bûcher pour tes examens de septembre. François est libéré de cela pour sa part.

— Je sais qu'il m'aidera, sourit Gabriel, soulagé par ce qu'il venait d'apprendre. Merci Papa, tu peux compter sur moi.

— Je dois retourner à mes consultations, la salle d'attente regorge de patients, comme d'habitude. Va directement chez François si tu veux, je te déposerai tes affaires lorsque j'irai faire mes visites.

— Merci. Je t'avoue que je n'avais pas très envie de croiser Edmond.

— Tu verras, tout finira par s'arranger, répondit le médecin d'une voix douce. Pour le moment, la priorité pour toi semble claire : réussir tes épreuves en septembre. Ne me déçois pas !

— Je vais tout donner pour y parvenir.

*

Gabriel embrassa son père et s'éloigna, à pas lents, en direction de la rue des Brice. Les parents de son ami y habitaient une gigantesque maison du début du siècle, datant de l'époque où l'Art Nouveau se trouvait à son apogée. La bâtisse était tout en rondeurs, faite de pierre de taille et de ferronnerie d'art. Face à la route, une immense baie vitrée en arc de cercle était rehaussée de briques rouges et donnait un caractère exceptionnel à l'édifice. Au premier étage, deux grandes terrasses, aux garde-corps façonnés avec soin, complétaient l'ensemble majestueux. Gabriel n'aimait pas trop l'aspect de cette maison qu'il jugeait vieillotte. Les premières constructions modernes commençaient à apparaitre dans la ville et le jeune homme trouvait cela beaucoup plus joli. Il se sentait néanmoins tellement heureux de trouver refuge ici ! Lorsqu'il parvint face au magnifique portail bleu, il ne put s'empêcher d'admirer le travail de ferronnerie hors du commun, avec ses volutes de fleurs dessinées à la main, dans la plus pure tradition de l'École de Nancy. Il agita la lourde cloche et François apparut immédiatement sur le seuil, comme s'il l'attendait derrière la porte.

— Gabriel ! Je me suis fait un sang d'encre. Pourquoi ne m'as-tu rien dit ? Où étais-tu passé ? Ce n'est pas bien de me donner des frayeurs pareilles ! Et ton père, tu n'imagines même pas à quel point il s'est inquiété !

— Désolé, marmonna son ami. Tu sais, je n'ai pas vraiment réfléchi. Je voulais juste ne plus voir cette teigne d'Edmond.

— Entre vite, et montons poser tes affaires. Puis, nous irons saluer ma mère qui se trouve au salon en train de jouer au bridge avec d'autres dames du quartier.

— Vraiment ? Ne peut-on pas plutôt aller lui dire bonjour lorsque celles-ci seront parties ?

— Ne te montre pas timide, ses amies sont charmantes.

Gabriel ne répondit rien et suivit son camarade. Il ne se sentait pas très fier de lui et appréhendait un peu la rencontre avec les parents de François, mais se doutait qu'il ne pourrait échapper à cette confrontation.

— Voici ta chambre.

François venait d'ouvrir une porte au deuxième étage de cette immense maison de près de trois cents mètres carrés.

— Tu seras tout seul sur ce palier avec la bonne, j'espère que tu n'auras pas peur, ajouta-t-il avec un clin d'œil.

— Arrête tes bêtises, répliqua Gabriel dans un sourire.

Il se détendait enfin après ces vingt-quatre heures assez compliquées. Après avoir posé son sac, il redescendit vers le salon avec son ami. Dès qu'ils pénétrèrent dans la pièce, la mère de François se leva pour les accueillir avec chaleur.

— Te voilà Gabriel ! Tu nous vois très heureux de te recevoir, tu peux rester ici le temps qu'il te plaira.

— Merci Madame.

Madame de Morlet semblait étonnamment jeune pour être la mère de François. Petite et mince, elle portait une jolie robe fleurie qui faisait ressortir sa taille de guêpe. Ses épais cheveux roux étaient attachés en une simple queue de cheval, ce qui renforçait son allure juvénile.

— Yvonne, Suzanne, Denise, voilà Gabriel, le meilleur

ami de François, inscrit comme lui à la faculté de médecine.

— Bonjour mesdames, murmura ce dernier en rougissant.

— Voulez-vous une tasse de café, tous les deux ?

— Non merci Maman, répondit François sans hésiter. Nous allons nous promener en ville.

— D'accord, très bien. Nous nous verrons donc ce soir au dîner. Amusez-vous bien les garçons, reprit madame de Morlet, en se rasseyant à la table de jeu. Les deux amis quittèrent la maison immédiatement.

Gabriel se sentait toujours oppressé, bien que soulagé d'avoir trouvé une solution temporaire à cette crise. Il assumait bien sûr sa décision : cette cohabitation avec le fils de Marie était devenue compliquée au fil des semaines, et il savait que cela ne s'arrangerait jamais. Mais le jeune homme regrettait beaucoup d'avoir dû s'éloigner de Jules. Ce nouveau séisme émotionnel, après celui vécu au domicile maternel quelques années auparavant, le conduisait à douter de lui-même. Pourquoi se montrait-il si rebelle ? Il n'ignorait pas que la plupart des gens acceptaient leur destin sans sourciller, courbant l'échine en attendant des jours meilleurs. Lui s'était avéré incapable d'admettre successivement la décision de sa mère puis celle de son père, de refaire leurs vies respectives.

Était-il un monstre d'égoïsme ? Il avait quitté, sans se retourner, Henriette, sa sœur Anne et ses trois frères deux ans auparavant pour rejoindre Jules. Et voilà qu'il abandonnait ce dernier, juste parce qu'il ne supportait pas Edmond. « *Et maintenant, je suis orphelin* », songea-t-il avec tristesse.

— Tu sembles perdu dans tes pensées, mec ?

La voix de François venait de le rappeler à la réalité. Quelle chance d'avoir un tel ami !

— Oui en effet. Je me demandais simplement s'il était raisonnable de tout plaquer ainsi pour une banale altercation.

— C'était un peu plus que cela. Ce pauvre type a tout de même insulté ta mère ! Je pense que j'aurais réagi comme toi. Après tout ce que tu as vécu, il est normal que tu l'aies mal supporté.

— Tu te montres toujours tellement sensé, François, je doute qu'à ma place tu te sois battu comme moi avec ce minable.

— Détrompe-toi mon pote. Je parais moins impulsif que toi, certes, mais il y a des limites à ne pas franchir. Traiter ta mère de lesbienne devant tout le monde, c'était intolérable pour quiconque.

— Et pourtant c'est la réalité, tu le sais bien, répondit Gabriel d'un air sombre.

— Oui, mais cela ne devrait avoir aucune importance pour toi.

— Je commence tout doucement à l'admettre. C'est cette peste de Simone que je ne supporte pas. Elle n'aime pas Maman, elle la domine simplement.

— Peut-être, mais tu n'y peux rien. Alors tu devrais l'accepter et retourner les voir.

— Jamais !

— Nous en reparlerons, ajouta François. En attendant, dans quel café allons-nous ? À l'Aca ? Je crois que Jacqueline s'y trouve avec des copines.

— Oh ! François, lâche-moi un peu avec les filles, répondit Gabriel.

Il accéléra le pas après avoir mis une franche bourrade dans le dos de son ami, mais il le suivit malgré tout. Il l'aurait suivi au bout du monde.

# Retrouver Karl

1954-1956

*« Sois inquiet pour ton frère ».*

*Martin Luther King*

# 12.

**Juillet 1954**

« *Décidément, cette année 1954 est celle de tous les records* », songea Jules en descendant de voiture, sa lourde mallette à la main. Après un hiver glacial durant lequel tant de pauvres gens étaient morts de froid, la chaleur de juillet s'avérait écrasante. Il y avait plusieurs jours que la température dépassait allégrement les trente degrés, sans le moindre souffle d'air. Jules transpirait à grosses gouttes, peu habitué à ces températures extrêmes.

La journée s'était montrée éprouvante et le médecin se sentait harassé en rentrant chez lui. Il rêvait d'une bière bien fraîche, un plaisir coupable auquel il s'adonnait volontiers depuis qu'il avait rencontré Marie. Cette idée le revigora et il monta l'escalier d'un pas alerte. Lorsqu'il ouvrit la porte de la cuisine, Marie était assise, en train de rédiger une lettre, et sursauta en voyant son mari.

— Déjà ? Je ne t'attendais pas si tôt, mon chéri.

— Je sais, c'est plutôt rare que mes journées se terminent à sept heures. Mais j'ai réussi à aller un peu plus vite dans mes visites, j'avais hâte de rentrer. Mais à qui écris-tu donc ? demanda-t-il, l'air intrigué.

— Oh, juste à ma cousine Arlette, voilà un bon moment que je ne lui ai pas donné de nouvelles.

La femme de Jules avait enfoui lestement son courrier dans la poche de son tablier.

— Tu peux prendre le temps de terminer, je la posterai pendant ma tournée de demain, cela t'évitera de sortir.

— Ne t'inquiète pas, il n'y a rien d'urgent, je finirai cette lettre dans les prochains jours et je me rendrai moi-même au bureau des Postes, cela sera l'occasion d'une petite promenade, répondit Marie.

— Comme tu voudras. Qu'as-tu préparé de bon pour le dîner ? J'ai encore une faim de loup.

— Comme chaque soir, ajouta sa femme avec un sourire malicieux. Une quiche lorraine avec un peu de salade, cela te convient-il ?

— Bien sûr, de toute façon tu cuisines tellement bien, ma chérie.

— Voilà une éternité que je n'en ai pas fait, car Edmond n'aime pas ça, mais maintenant qu'il est parti, ce n'est plus un problème.

— En effet, répondit Jules. Je dois t'avouer que je me sens soulagé qu'on se retrouve tous les deux. Je n'ai rien contre ton fils naturellement, mais…

— Mais surtout lorsque tu ne le rencontres pas ! Et puis tu espères que Gabriel rappliquera à la maison quand il apprendra qu'Edmond ne s'y trouve plus, ajouta Marie d'un ton agacé.

— Il me manque, tu le sais. Je l'ai à peine croisé deux ou trois fois depuis qu'il s'est installé chez les parents de François. Je n'ignore pas qu'il s'y sent bien, mais s'il revenait vivre avec nous, je pourrais l'aider. Les examens de rattrapage ont lieu dans quelques semaines et je souhaite ardemment qu'il réussisse.

— Bien sûr, je comprends, répondit Marie, honteuse de s'être emportée.

— Je vais aller le trouver tout à l'heure pour lui annoncer qu'Edmond a quitté la maison. Je profiterai de cette occasion pour lui proposer une petite escapade.

— Vraiment ?

Marie était intriguée.

— Je t'ai déjà raconté l'histoire de Karl. Ce demi-frère me hante, je veux le retrouver, même si je dois aller en Allemagne pour ça. Mais je ne sais pas par où débuter mes recherches. Alors j'ai pensé que je pourrais peut-être me rendre à Dürrenbach, là où il a vécu enfant. Peut-être que quelqu'un pourra me mettre sur la piste ?

— Cela m'étonnerait beaucoup que tu trouves des informations sur une histoire vieille de presque quarante ans !

— Mes chances de succès paraissent minces en effet, mais je ne vois pas quoi tenter, sinon. Et puis, cela nous donnera l'occasion de nous balader tous les deux en Alsace avec Gabriel. N'oublie pas que mes ancêtres viennent de l'autre côté des Vosges, ajouta Jules.

— Alors, joignons donc l'utile à l'agréable, tu as raison. Et puis, une petite escapade au grand air et loin de tes malades te fera certainement le plus grand bien.

Jules prit sa femme dans ses bras.

— Je partirai deux jours tout au plus ma chérie. Et je te promets qu'à la fin du mois, nous irons en vacances ! Je me suis déjà organisé avec un confrère. Que penserais-tu de découvrir la mer ?

— J'aimerais tant ! Mais tu n'as jamais fermé le cabinet depuis que tu es installé.

— C’est le moment de commencer. La vie est courte, incertaine, je le constate sans cesse. Et je me sens tellement heureux avec toi que je rêve de sublimer ce bonheur avec de beaux paysages. Je nous imagine déjà, marchant sur la plage, main dans la main. Moi non plus, je n’ai jamais vu la mer.

Les yeux du médecin pétillaient de joie. Il se leva et embrassa sa femme.

— Si cela ne t’ennuie pas, je file m’entretenir avec Gabriel tout de suite, j’ai hâte de lui annoncer tout cela. Nous dînerons plus tard.

— D’accord, répondit Marie, nous ne sommes pas pressés. Il fait doux, je crois que nous pourrons manger sur le balcon.

— Avec plaisir.

Jules descendit les escaliers quatre à quatre comme d’habitude et s’éloigna dans la rue déserte. Quelques minutes après, il sonnait au domicile de monsieur et madame de Morlet. C’est François qui lui ouvrit et son visage s’éclaira en apercevant le médecin.

— Bonsoir docteur Wagner, j’imagine que vous venez pour Gabriel ? Nous allions passer à table, mais je l’appelle.

— Bonsoir François. Je te remercie, je n’en aurai que pour quelques minutes.

— Voulez-vous entrer ?

— Non, je préfère ne pas déranger tes parents. Je n’ai que quelques mots à dire à mon fils.

Un instant plus tard, Gabriel apparut sur le seuil et sembla ravi de voir son père.

— Bonjour Papa.

— Bonjour mon grand. Je viens juste t’annoncer qu’Edmond a quitté la maison et que tu peux revenir dès que tu le souhaites. Monsieur et Madame de Morlet sont très gentils, mais tu ne dois pas abuser de leur hospitalité. Et puis… je serais content que tu rentres.

— Et Marie ?

— Marie également. Elle t'aime beaucoup, plus que tu ne penses. Et les querelles avec Edmond paraissent loin, elle a oublié et pardonné, à l'un comme à l'autre. Je voulais aussi te proposer que nous partions tous les deux quelques jours en Alsace.

— Bien sûr Papa. Mais pourquoi donc en Alsace ?

— C'est une longue histoire, trop longue pour que je te la raconte maintenant. Mais fais-moi confiance. Je dois me rendre sur la terre de nos ancêtres et j'aimerais y aller avec toi.

— D'accord.

Gabriel était touché par la demande de son père.

— Parfait. Nous partirons lundi prochain. Et d'ici là, ta chambre t'attend.

— Je vais faire mes adieux aux parents de François ce soir, et je reviendrai dès demain.

Les deux hommes s'étreignirent et Jules s'éloigna le cœur léger. La perspective de cette escapade avec son fils bien-aimé le remplissait de joie et il avait hâte d'aller à la recherche de Karl.

*

— Gabriel, réveille-toi, j'aimerais que nous partions dans une demi-heure.

Le jeune homme ouvrit les yeux avec difficulté. Il avait peu dormi et regrettait amèrement d'avoir accepté la proposition de son père. Il s'assit sur le bord du lit tout en se frottant le visage. Le sang battait dans ses tempes, la migraine l'habitait, provoquée par les excès de la veille.

— Pourquoi si tôt ? Personne ne nous attend, il me semble.

— En effet, répondit Jules, mais la route est longue jusqu'à Dürrenbach, et je voudrais y arriver le plus tôt possible. Il fait tellement chaud, que ce sera de toute façon plus agréable de voyager à l'aube.

— D'accord, je m'habille et je descends. Mais tu ne m'as toujours pas expliqué le but de ce voyage en Alsace.

— Un peu de patience, mon garçon, nous pourrons parler de ça pendant le trajet. Je t'attends à la cuisine, Marie nous a préparé un café.

Le médecin tourna les talons et Gabriel commença à se vêtir avec lenteur. Il avait passé une grande partie de la nuit précédente dans une discothèque à la mode de la ville. Il vivait en ermite depuis qu'il avait rejoint le domicile de Jules et Marie, se consacrant largement à ses révisions, mais il s'était autorisé cette petite entorse à ses bonnes résolutions. Il le regrettait déjà tant sa tête le faisait souffrir.

Le petit déjeuner expédié, père et fils grimpèrent dans la voiture avec leurs maigres bagages et Jules démarra aussitôt. Les rues semblaient encore désertes et la température restait agréable, même s'il paraissait évident que la journée allait à nouveau se montrer caniculaire. La DS rouge atteignit très vite les faubourgs de la ville et la campagne verdoyante prit le relais de la grisaille de Nancy. Ils traversèrent une multitude de villages, tous semblables les uns aux autres, et dont Gabriel ignorait jusqu'à l'existence. Foncièrement citadin, le jeune homme n'avait jamais vraiment éprouvé le besoin de s'évader dans la nature, au contraire de son père. Jules se sentait heureux dès qu'il voyait des arbres, des buissons ou des bosquets. Il n'aurait su l'expliquer, mais la campagne lui apportait un véritable apaisement, au plus profond de son être. Plus encore que les plaines lorraines, il aimait les montagnes et les paysages escarpés. Franchir la ligne bleue des Vosges le ravissait chaque fois, et il ressentait profondément qu'il tirait ses racines de ces forêts de sapins où avaient vécu ses ancêtres.

Ce fut seulement en arrivant aux abords de Lunéville que Gabriel sortit de sa torpeur. La migraine le tourmentait et il avait hâte que cette journée s'achève. Il ne voulait néanmoins pas décevoir Jules, qui semblait enchanté de cette escapade à deux.

— Au fait, Papa, tu ne m'as toujours rien dit : pourquoi allons-nous à Dürrenbach ?

— C'est une très vieille histoire, dont je n'ai jamais eu l'occasion de te parler. Mon père est mort durant la Première Guerre mondiale quand je n'avais que sept ans. Cela, je te l'ai déjà raconté. J'ai quelques souvenirs de lui, quelques-uns seulement, mais assez vagues, je dois dire. Il partait tous les matins travailler à la banque, rasé de près et bien apprêté. Il avait l'allure un peu sévère, mais je le trouvais superbe. Je me rappelle aussi son départ, lors de la mobilisation générale. Il m'a paru encore plus beau avec son uniforme bleu et rouge et je me sentais fier de lui. Puis, nous l'avons revu une dernière fois, pour une permission de quelques jours. Il était maigre à faire peur et avait surtout un air triste qui m'a beaucoup impressionné. Il n'est plus jamais revenu ensuite.

— Tu m'as déjà raconté tout cela : quel rapport avec notre périple vers Dürrenbach ?

Jules sourit à son fils puis reprit son récit.

— En 1942, alors que je travaillais au dispensaire, j'ai reçu une visite étrange. Celle d'Ignace, le frère de ma mère que tout le monde pensait mort, mais cela c'est une autre histoire. Et figure-toi que celui-ci avait rencontré mon père par hasard dans une tranchée à Verdun. Il a passé quelques jours avec son bataillon et… ils ont mené la dernière bataille de mon père ensemble.

Le regard de Jules s'était assombri.

— Tu veux dire qu'Ignace a assisté à sa mort ?

— Oui en effet. Il a récupéré son portefeuille et a découvert dedans une photo de moi et de Marguerite, ma sœur, et un autre cliché : celle d'un adolescent prénommé Karl. Ce garçon est son fils, mon demi-frère, né bien des années avant qu'il n'épouse ma mère.

— Je trouve cette histoire incroyable !

— Elle est pourtant vraie. Ignace a ensuite mené l'enquête qui l'a conduit à Dürrenbach. Hélas, Karl était retourné en Allemagne avec ses grands-parents. Depuis que j'ai appris cela, il y a près de douze ans, je n'ai jamais cessé d'y penser. Les vicissitudes de la vie m'ont empêché de partir à la recherche de Karl, comme je l'aurais aimé. Mais je ne parviens pas à oublier que, quelque part, un frère m'attend. C'est pourquoi aujourd'hui, je veux poursuivre ma quête, à Dürrenbach, d'abord et en Allemagne ensuite s'il le faut.

— Je vais t'aider, Papa !

Gabriel était surexcité par ce qu'il venait d'apprendre. Un oncle allemand ? C'était tout à fait extraordinaire.

— C'est pourquoi je t'emmène. Mais la priorité absolue reste tes examens de rattrapage qui ont lieu dans un mois, ne l'oublie pas, tempéra Jules.

— Je réussirai, je te l'ai déjà dit, fais-moi confiance s'il te plaît. Mais que penses-tu trouver à Dürrenbach ? Si j'ai bien compris, Karl a quitté le village dans les années vingt, c'est si loin !

— Oui en effet, c'est ce que m'a raconté mon oncle. Sa mère, pauvre femme, est morte de la grippe espagnole en 1917 et il a été ensuite élevé par ses grands-parents. Dès que l'Armistice a été signé, ils ont fui vers l'Allemagne.

J'imagine que tous les Allemands qui vivaient en Alsace ont dû être sacrément malmenés. Ils ne portaient pourtant aucune responsabilité de la guerre, leurs autorités leur ayant enjoint de s'installer en France contre leur gré. Cependant, aussitôt que leur pays a été vaincu, ils sont devenus les sales boches qu'il fallait chasser.

— J'ai étudié cela au lycée. Je me souviens qu'il y avait à cette époque des bons et des mauvais français.

— Oui, tu as raison. Ma grand-mère me l'a raconté souvent. Il suffisait d'avoir un ancêtre allemand dans les trois ou quatre générations précédentes pour être considéré comme étranger et expulsé manu militari. Et Dieu sait que, depuis l'annexion allemande de 1870, il y en avait eu des couples mixtes !

— Et donc ton père avait épousé une Allemande ?

— Epousé, non, je ne crois pas. Ils étaient très jeunes, sans doute à peine seize ou dix-sept ans. J'ignore comment ils se sont croisés, mais ils sont tombés amoureux et Hannah a été enceinte. C'est tout ce que je connais de cette histoire, répondit Jules.

— Et peut-être vais-je retrouver des cousins allemands !

Gabriel trouvait ce récit palpitant. Il s'imaginait déjà rencontrant une famille affectueuse et chaleureuse, qui lui ferait oublier l'effondrement de la sienne. Il avait hâte de se mettre à la recherche de Karl avec son père. Le voyage durant deux longues heures. Gabriel regardait défiler le paysage superbe des Vosges et rêvassait, le nez collé à la fenêtre. Il se sentait impatient de commencer cette enquête et surtout espérait vivement retrouver cet oncle mystérieux.

Il était presque midi lorsqu'ils atteignirent Haguenau. Cette petite bourgade du nord de l'Alsace était clairement imprégnée d'une double culture germanique et française qui lui donnait du caractère. Le centre-ville, tout de grès et de brique rouge, était charmant et assez animé, même si des stigmates de la guerre étaient visibles sur de nombreuses bâtisses. Jules avait réservé une chambre dans un hôtel sans prétention au cœur de la ville, où ils se rendirent immédiatement pour poser leurs bagages. Il gara sa voiture devant le majestueux théâtre circulaire et Gabriel sur ses talons, parcourut d'un pas leste les quelques mètres qui les séparaient de l'Auberge du bon repos. Ils prirent le temps d'un déjeuner rapide, et dès la dernière bouchée avalée, remontèrent dans la DS. Tous deux n'avaient qu'une hâte : arriver à Dürrenbach.

# 13.

À peine Jules et Gabriel avaient-ils pris la route que Marie avait filé s'habiller. Elle disposait de deux jours entiers devant elle, les deux hommes ne devant rentrer que le lendemain soir. Cela lui laissait un peu de temps, mais elle ignorait si ce serait suffisant. Face à son armoire, elle hésita quelques instants sur la tenue qu'elle allait porter. La canicule perdurait, elle savait qu'elle allait être accablée par la chaleur jusqu'à la tombée de la nuit. Elle choisit donc une légère robe blanche qui la mettait en valeur, mais qui présentait surtout l'avantage d'être passe-partout. Elle enfila une paire d'escarpins plats confortables et, après avoir déposé une discrète touche de rouge à lèvres, elle attrapa son sac et fila.

Marie marchait d'un pas lent dans Nancy, au milieu des passants qui se rendaient au travail ou vers l'immense marché central. Malgré l'heure matinale, la ville était déjà baignée d'une intense chaleur qui annonçait, à nouveau, une journée suffocante. Une quinzaine de minutes plus tard, la femme de Jules déambulait dans la rue Saint-Jean, en regardant chaque vitrine avec attention, comme seules les bourgeoises désœuvrées savaient le faire. Elle se trouva bientôt face à la cathédrale et se dirigea sans hésitation vers la place Stanislas. Adoptant l'allure d'une promeneuse, elle passa devant le Grand Hôtel et y jeta un coup d'œil discret. Elle poursuivit sa route le long du théâtre municipal et franchit l'arche qui menait au parc de la Pépinière.

Quoique concentrée sur sa mission, Marie ne put s'empêcher de s'arrêter un instant pour admirer l'immense esplanade aux portes d'or. Elle se rappelait parfaitement la libération de la ville, moins de dix ans auparavant, et l'allégresse qui avait envahi ce lieu mythique : drapeaux agités avec frénésie, habitants dansant et chantant et demoiselles joyeuses et audacieuses, embrassant à pleine bouche leurs sauveurs. Chaque lorrain pouvait raconter une ou plusieurs histoires émouvantes qu'il avait vécues ici. Ainsi, outre la liesse collective de 1945, Marie n'oublierait jamais la demande en mariage de Jules un an plus tôt, et le bonheur qu'elle avait ressenti ce jour-là.

Après ce qui pouvait passer sans l'ombre d'un doute pour une banale promenade, la jeune femme obliqua vers la gauche et, traversant la place Carrière et l'arc Héré, pénétra à nouveau sur la place Stanislas. Quelques instants plus tard, elle poussa la lourde porte du café du Commerce et s'installa à la première table libre.

— Un thé, s'il vous plaît, commanda-t-elle au serveur qui venait de s'approcher.

Celui-ci la connaissait bien, ayant assisté de loin aux débuts de son histoire d'amour avec Jules, jusqu'à la demande en mariage qui avait eu lieu ici même.

— Tout de suite madame Wagner. Il fait encore bien chaud aujourd'hui, je suis déjà en nage... Vous avez bien du courage de courir les magasins malgré ce temps.

— Vous savez bien que les femmes se montrent insatiables, répondit Marie, nous avons tellement manqué de tout pendant la guerre, que des petits plaisirs frivoles suffisent à nous rendre heureuses.

— C'est ce que me dit toujours ma fiancée aussi ! Allez, je vous apporte votre thé.

Marie se plongea sans attendre dans un livre qu'elle sortit de son sac à main. Elle passa la matinée là, sursautant dès que la porte s'ouvrait et jetant un regard discret à chaque nouvel arrivant. Une heure de l'après-midi avait sonné quand elle se résolut à partir. Elle se leva en soupirant, consciente d'avoir à nouveau fait chou blanc.

# 14.

Jules sifflotait en conduisant. Le médecin se sentait à la fois heureux et excité par l'aventure en cours. Il venait de retrouver son fils après des semaines de séparation, ce qui lui procurait une grande joie. Et ce voyage à deux renforçait cette allégresse. Il avait ouvert son cabinet près de quinze ans plus tôt et ne s'était pratiquement jamais octroyé de repos depuis lors. Les débuts s'étaient montrés compliqués, alors que la guerre faisait rage. Et puis, le départ d'Henriette avec ses cinq enfants l'avait incité à travailler encore plus dur pour combler l'immense vide. Les mois, les semaines et les années s'étaient enchaînés sans qu'il en ait réellement conscience. Mais depuis sa rencontre avec Marie, Jules rêvait d'une autre vie. Il venait d'avoir quarante-cinq ans, la guerre était finie, il était amoureux, il voulait vivre désormais.

Assis à ses côtés, Gabriel le regardait du coin de l'œil et souriait intérieurement. Il n'avait jamais vu son père aussi décontracté et savourait le moment. À cet instant, les coups durs et les drames familiaux paraissaient loin. La route qui menait à Dürrenbach était magnifique, le soleil brillait dans un ciel azuréen sur lequel contrastait le vert sombre des sapins centenaires. Tout semblait paisible, ils n'avaient pas croisé une voiture depuis qu'ils avaient quitté Haguenau, ils étaient seuls au monde et heureux de l'être.

Lorsqu'ils arrivèrent au village, Jules se gara sur la place de la mairie, à deux pas de l'église. Les quelques badauds qu'ils avaient rencontrés avaient contemplé la belle berline rouge d'un air suspicieux, ce qui ne manqua pas d'étonner Gabriel.

— Pourquoi nous regardent-ils ainsi ?

— Ils n'ont pas l'habitude de voir ce genre d'automobile, je pense, répondit Jules. Tu sais, nous nous trouvons au cœur des Vosges, loin des grandes villes, les habitants vivent entre eux. La plupart ne sont même jamais allés à Haguenau ! Et puis, n'oublie pas que ces gens ont souffert plus que nous : tantôt français, parfois allemands, on leur a imposé tant de déchirements !

— Je n'aurais pas pu le supporter…, murmura Gabriel.

— Et qu'aurais-tu fait ? Peut-on agir différemment lorsqu'on a une famille à nourrir, un petit lopin de terre et rien d'autre ? On se résigne souvent à l'inacceptable, tu sais.

Les deux hommes descendirent de voiture et regardèrent autour d'eux. Jules tendit le doigt vers une grande bâtisse au loin.

— Si j'ai bien retenu les indications d'Ignace, la maison où vivaient Karl et sa mère doit être celle-ci. Il m'avait bien précisé que c'était la seule maison bleue sur la rue principale, et que je ne pouvais la rater.

— Comment allons-nous nous y prendre maintenant pour retrouver ton frère ? demanda Gabriel.

— Je n'y ai pas vraiment réfléchi. Le plus simple est d'aller sonner et d'expliquer que nous recherchons Karl. Avec un peu de chance, quelqu'un se souviendra de cette famille, ou bien pourra nous mettre sur sa trace.

— J'espère que tu as raison et que nous ne serons pas déçus. Car n'oublie pas qu'il y a plus de trente-cinq ans qu'ils ont quitté le coin !

— Je sais. Nous serons vite fixés.

Quelques minutes plus tard, Jules sonnait à la maison bleue. La porte s'ouvrit presque instantanément sur une grosse dame blonde à l'allure revêche qui leur jeta un œil méfiant. Elle marmonna quelques phrases que Gabriel ne comprit pas. Il regarda son père d'un air interrogateur.

— Güata Tàg Ich heiss Jules Wagner.

— Papa, tu parles alsacien ?

— Quclques mots seulement, hélas, répondit Jules et il se tourna à nouveau vers la femme. Ich redd nitt Elsassisch, ânonna-t-il en levant les bras avec une mine désolée.

— Qu'est-ce que vous voulez ? reprit celle-ci en français teinté d'un fort accent.

Gabriel tenta tant bien que mal de réprimer un sourire. *« Quelle prononciation atroce ! »* songea-t-il.

— Pardon de vous déranger, mais nous recherchons une famille qui a habité cette maison il y a très longtemps. Je ne connais pas leur nom, mais la jeune femme s'appelait Hannah et avait un enfant prénommé Karl.

— Allemands ? Pas d'Allemands ici.

Et elle claqua la porte brutalement. Jules se tourna vers son fils d'un air contrarié.

— Quel accueil ! Je n'ignorais pas que les gens du coin se montraient souvent rustres, mais tout de même !

— Qu'allons-nous faire maintenant, Papa ?

— Je n'en sais rien. Laisse-moi réfléchir quelques instants. Peut-être pouvons-nous tenter d'aller à la mairie ? Nous pourrions y glaner quelques informations.

Jules était dépité. Ils s'apprêtaient à partir en direction du centre du village lorsque la porte s'ouvrit à nouveau. Cette fois-ci, un homme très âgé et à l'air affable se tenait sur le seuil.

— Monsieur, attendez, ma fille m'a dit que vous cherchiez quelqu'un, une certaine Hannah. Entrez si vous voulez bien, je crois que je peux vous aider.

Jules et Gabriel échangèrent un regard complice et se précipitèrent à l'intérieur sur les pas du vieil alsacien. Arrivé dans la cuisine, celui-ci leur fit signe de s'asseoir et sortit trois verres et une bouteille.

— Pinot noir d'ici, le meilleur vin du monde, annonça-t-il en les servant.

Père et fils n'osèrent pas refuser et bouillaient d'impatience d'entendre le récit de l'homme. Celui-ci prit tout son temps, rangeant la bouteille dans le placard, se lavant les mains avec soin, il ne semblait vraiment pas pressé. Il avait atteint l'âge où la lenteur s'avère permanente.

— J'ai bientôt quatre-vingt-dix ans et j'habite Dürrenbach depuis toujours. Je m'appelle Georges et je suis né peu avant l'annexion allemande, en 1864. J'avais sept ans quand les Boches ont décidé d'envahir notre terre, je m'en souviens comme si c'était hier.

L'homme semblait perdu dans ses pensées et s'arrêta un bon moment de parler, au grand dam de Gabriel. Puis il revint à ses hôtes et poursuivit son récit d'une voix chevrotante.

— Je revois ma mère pleurer en se tordant les mains. Mon père voulait partir pour rester français, et elle, elle n'envisageait pas de quitter sa maison. Ils en discutaient tous les soirs, je dormais dans une alcôve à côté de la cuisine et j'entendais tout, terrorisé à l'idée de ce départ. Après de longues palabres, Maman a eu gain de cause et nous sommes devenus allemands.

— Qu'est-ce que cela a changé pour vous ?

Jules venait d'intervenir.

— Pas grand-chose dans notre vie de tous les jours, si ce n'est que nous devions parler allemand à l'école, et partout ailleurs. Des boches se sont installés dans le village, dans les maisons abandonnées par ceux qui avaient choisi d'opter pour la France. C'est ainsi que la famille Dietrich a emménagé dans cette maison.

— Où sont-ils partis après ? demanda Gabriel, qui brûlait d'impatience.

— Laissez-moi poursuivre, jeune homme, répondit Georges sur un ton de reproche. Hannah était la petite dernière, les Dietrich avaient huit enfants. Hannah est née ici, dans cette cuisine même. C'était une gamine adorable. J'habitais juste à côté, elle m'aidait souvent à nourrir les poules. Lorsqu'elle a eu seize ou dix-sept ans, je me suis douté qu'elle retrouvait un amoureux. Elle ne venait plus me rendre visite, mais filait presque chaque après-midi vers la forêt d'Haguenau.

— Vous n'avez jamais vu le garçon qu'elle rejoignait ? demanda Jules à son tour.

— Il n'a jamais mis les pieds ici et personne n'a su qui il était. Mais un jour, nous avons réalisé que le ventre de la petite s'arrondissait. Ses parents se sentaient sans doute honteux et ne se montraient presque plus. Karl est né un soir de Noël. Il avait beaucoup neigé, je me souviens, la neige m'arrivait jusqu'à la taille. La mère Dietrich est venu appeler ma femme pour l'aider, car il était impossible d'aller chercher une matrone au village voisin. Elles ont mis le bébé au monde toutes les deux. Oh, cela a duré longtemps. La pauvre petite a hurlé pendant des heures, je l'entendais à travers les murs. Ma femme est rentrée au petit matin et m'a annoncé qu'Hannah avait accouché d'un beau garçon en pleine santé.

— Karl, murmura Gabriel. Que s'est-il passé ensuite ?

— L'harmonie a régné à Dürrenbach jusqu'à la guerre. Puis, la cohabitation s'est montrée de plus en plus difficile, nous ne parlions plus aux Allemands et espérions vraiment que les Français allaient gagner.

— Vous avez combattu ?

— Non, j'avais presque cinquante ans en 1914, et ils m'ont trouvé trop âgé pour être mobilisé. Mais mon fils a été appelé, dans l'armée allemande, bien sûr, et il n'en est pas revenu, hélas.

— Mon père non plus, dit Jules dans un soupir.

— L'armistice a été signé et nous sommes redevenus français, reprit-il. De nombreux boches ont fui aussitôt, mais pas les parents d'Hannah. Hélas, la grippe espagnole a décimé le village et Hannah a fait partie des victimes. Je l'ai beaucoup pleuré, beaucoup. Quelques jours après l'enterrement, les Dietrich se sont décidés brusquement à quitter Dürrenbach avec Karl.

— Où sont-ils allés ? demanda Gabriel.

— À Berlin, je crois. Mais lorsque j'ai acheté cette maison immédiatement après leur départ, j'ai découvert une boîte en carton dans le grenier. Elle était remplie de lettres et de cartes postales en allemand. Aimeriez-vous la regarder ? Vous y trouverez peut-être des indices qui vous aideront. Mais au fait, vous ne m'avez pas dit pourquoi vous cherchiez Karl ?

Le vieux Georges semblait soudain, méfiant.

— Tout simplement, car nous sommes frères, répondit Jules.

— Et votre père ?

— Il est mort à Verdun. Mais je suis certain qu'il aurait voulu que je le retrouve.

L'Alsacien se leva et leur fit signe d'attendre. Il réapparut quelques instants plus tard avec une boîte grise.

— Tenez, je vous la donne, je n'en ferai rien.

— Merci beaucoup, s'exclama Gabriel, tout excité à l'idée de lire ce courrier.

Les deux hommes remercièrent Georges et s'éloignèrent rapidement.

— Nous l'ouvrirons à l'hôtel, lança Jules d'un ton péremptoire.

Gabriel fut déçu, mais ne broncha pas. Dans une heure au maximum, il en saurait plus.

*

Gabriel montait, d'un pas assuré, l'escalier qui conduisait à la chambre d'hôtel, la précieuse boîte entre ses mains. Jules le suivait de près, le médecin avait hâte également de découvrir ce qui se cachait dans ce carton. Père et fils s'assirent sur le lit et Gabriel souleva le couvercle avec précaution. Au-dessus du paquet de lettres, noué avec un ruban, il aperçut un minuscule sachet en papier qu'il se dépêcha d'ouvrir.

— Une mèche de cheveux ! s'exclama-t-il.

— Des cheveux de bébé, ils sont si fins, cela ne fait pas de doute. Ces cheveux appartiennent à Karl, murmura Jules, assez ému.

Il prit la mèche dans ses mains. Sans perdre un instant, Gabriel déplia la première feuille.

— C'est en allemand ! Comment va-t-on faire ?

Jules lui sourit.

— Je connais quelques mots d'allemand et un peu d'alsacien, nous allons essayer de déchiffrer cela, répondit-il en se plongeant dans la première missive.

Mais il sembla très vite découragé.

— Hmm, ce n'est pas évident. Je comprends quelques phrases, mais l'écriture est plutôt illisible. Apparemment, c'est un courrier de la tante d'Hannah, la sœur de Fraü Dietrich.

Le médecin prit une autre lettre et parut très intéressé.

— Regarde Gabriel, il est marqué qu'elle les attend avec le petit, et qu'elle leur a déniché un appartement à Berlin, elle a même mentionné l'adresse. Nous tenons enfin une piste !

— C'est génial, Papa, répondit le jeune homme. Mais comment faire maintenant ? Je ne pense pas que nous puissions aller à Berlin.

— C'est exact, cela semble difficile… mais pas impossible. Espérons juste que cette rue ne se trouve pas en RDA, car alors cela sera beaucoup plus compliqué.

— Il est interdit de s'y rendre ? interrogea Gabriel.

— Non, pas vraiment, on peut y arriver par le métro depuis Berlin-Ouest, mais il est certainement très délicat d'y mener des investigations. La vie n'est pas la même dans ce pays. Tout le monde épie tout le monde, les arrestations arbitraires sont fréquentes. Si nous cherchons quelqu'un, il y a de fortes chances qu'on nous prenne pour des espions, cela me semble très risqué.

Gabriel était de plus en plus excité à l'idée de cette nouvelle aventure.

— Allons-y, Papa, je t'en prie !

— Je vais y réfléchir et en discuter avec des gens plus avisés. En attendant, je pense que c'est inutile que nous restions plus longtemps à Haguenau, nous avons obtenu des informations inespérées. Partons demain matin vers le sud de l'Alsace, je veux te montrer le village de mes ancêtres, Soppe-le-Bas.

— D'accord, répliqua le jeune homme, avec une contrariété mal dissimulée.

Il ne se sentait pas vraiment enthousiaste à cette idée et aurait préféré rentrer à Nancy, mais il n'osa pas le dire à son père.

— Allons dîner dehors, proposa Jules, la chaleur est étouffante, nous serons mieux à l'extérieur, grâce à la fraîcheur de l'eau.

— Il y a donc un fleuve à Haguenau ? répondit Gabriel, un peu honteux de son ignorance.

— La Moder, en effet, une très jolie petite rivière qui entoure la ville. Descendons, je vais te faire admirer tout cela. Ainsi, tu verras que le monde déborde de jolies choses en dehors de Nancy, ajouta Jules avec un clin d'œil.

Le jeune homme se leva et tous deux se retrouvèrent bientôt sur la place principale d'Haguenau, située à deux pas de leur hôtel. Bien qu'il fût près de sept heures du soir, la chaleur se montrait encore éprouvante et pas un souffle d'air ne venait atténuer cette canicule. De nombreux passants déambulaient dans les rues malgré l'heure tardive, à la recherche d'un peu de fraîcheur. En approchant de la Tour des pêcheurs, vestige de l'ancienne enceinte, Gabriel ne put s'empêcher de murmurer :

— Tu avais raison, c'est splendide. Toutes ces jardinières de géraniums rouges, et la rivière qui coule paisiblement derrière…

— Tu vois, mon fils, tu dois savoir admirer les choses simples. Après avoir vécu les horreurs de la guerre, la beauté de la nature me fascine désormais. Une fleur, un arbre, un ruisseau qui bruisse, tout cela m'émerveille et m'apaise.

N'oublie jamais cela : si un jour tu as une très grande peine, va t'isoler au milieu d'une forêt et fermes les yeux, c'est la plus douce des consolations.

Les deux hommes s'assirent sur un banc et restèrent un long moment ainsi, sans parler. Puis, ils reprirent leur route vers une petite auberge que Jules avait repérée, où ils s'installèrent pour dîner. À peine la commande passée, Gabriel interrogea son père.

— Quand pourrons-nous nous rendre à Berlin ?

— Je n'en sais rien. J'ai promis à Marie de l'emmener à la mer à la fin de juillet, mais peut-être que dans le courant du mois d'août je pourrai m'octroyer à nouveau quelques jours de repos. Mais ne te réjouis pas trop vite : nous avons une adresse certes, mais elle date d'il y a plus de trente ans. Les Dietrich ont probablement déménagé, Karl est peut-être même mort.

— J'espère bien que non ! s'exclama Gabriel.

— J'ai aussi envie de le retrouver, mais je préfère rester prudent pour ne pas être déçu si nos recherches n'aboutissent pas.

— As-tu raconté tout cela à Grand-mère ?

— Non, et je te demanderai de tenir ta langue. Elle ignore l'existence de Karl, elle aurait beaucoup de chagrin de savoir que son mari bien-aimé lui a caché ce fils illégitime.

— Peut-être lui a-t-il avoué ?

— Cela me surprendrait beaucoup. Elle m'en aurait certainement parlé, répondit Jules. En tout cas, je ne veux rien lui dire pour le moment, elle est âgée et fragile.

— D'accord Papa.

Gabriel n'insista pas et finit rapidement son assiette. Jules régla l'addition et ils se dirigèrent vers l'hôtel. La journée s'était montrée riche en émotions et tous deux aspiraient au repos. Le père comme le fils ne réussirent toutefois pas à s'endormir avant de longues heures, écrasés par la moiteur qui subsistait, et envahis l'un et l'autre de questions sans réponses. Gabriel, en particulier, passa une nuit très agitée et le réveil s'avéra difficile. Dès huit heures, ils prirent la route pour Soppe-le-Bas.

## 15.

**Berlin, août 1954**

Le train était arrêté depuis près de deux heures dans la chaleur de cette fin d'été qui ne semblait jamais vouloir s'achever. Même si Jules avait été informé que les contrôles avant l'arrivée à Berlin se montraient particulièrement tatillons, ce à quoi il assistait dépassait de loin, tout ce qu'il avait pu imaginer. Depuis le franchissement de la frontière de la République démocratique allemande, les rideaux avaient été tirés et les voyageurs avaient reçu l'interdiction formelle de regarder à l'extérieur, ce qui rendait l'atmosphère oppressante. Mais l'irruption de ces soldats armés et escortés de chiens, qui fouillaient chaque wagon dans ses moindres recoins, avait fait encore monter la tension. Chaque passeport et chaque visa étaient soigneusement vérifiés et tous les passagers devaient expliquer en détail le motif de leur déplacement. Tous ces contrôles prenaient bien sûr des heures, et tous les occupants du train devaient faire preuve d'une grande patience.

Jules était seul. Malgré les supplications de Gabriel, il n'avait pas autorisé son fils à l'accompagner dans ce périple qu'il savait risqué. Marie avait d'ailleurs essayé de dissuader son mari de poursuivre sa quête en Allemagne, mais ce dernier s'était entêté : il voulait retrouver Karl. Il s'était en revanche rendu à ses raisons concernant Gabriel. *« Et si vous vous faites arrêter tous les deux, Jules ? Tu ne te le pardonneras jamais. Tu n'as pas le droit d'entraîner ton fils dans cette aventure insensée »,* lui avait asséné Marie. Voyant que le médecin ne changerait pas d'avis, elle avait dès lors tenté de l'aider. Alors que son visa avait été refusé, sa femme était revenue un soir, très gaie, le précieux sésame à la main. Quand Jules avait essayé d'obtenir des explications, elle lui avait simplement répondu que le sourire d'une dame ouvre bien des portes. Tous ses amis bien informés s'étaient, en revanche, montrés unanimes : il ne devait pas se rendre à Berlin-Est où les arrestations arbitraires étaient légion ainsi que les disparitions mystérieuses d'étrangers. Jules avait promis, bien décidé à n'en faire qu'à sa tête et se sentant protégé par son statut de médecin. Karl habitait en RDA, il irait donc, il devait absolument le retrouver.

Un soldat apparut à l'entrée du compartiment. Après avoir regardé sous les banquettes, il entreprit de contrôler les papiers des six personnes installées là. Toutes étaient allemandes à l'exception de Jules.

— Docteur Wagner ? Pour quelles raisons rejoignez-vous Berlin ?

— Je me rends à une conférence médicale organisée par des confrères allemands, répliqua Jules sans ciller.

— Sur quel sujet ?

— L'hyperthyroïdie réactionnelle.

Le médecin n'avait pas montré l'ombre d'une hésitation, ayant préparé sa réponse.

— Bon voyage, Docteur.

Après un bref salut de la tête, le militaire quitta les lieux. Une nouvelle fois, Jules avait pu constater que l'aura de sa profession lui permettait d'aller partout sans éveiller les soupçons, tout comme pendant la guerre. Il se sentait invulnérable et cela lui plaisait. Peu de temps après, le train s'ébranla lentement et tous poussèrent un soupir de soulagement. Ils avaient passé près de trois heures à attendre en pleine campagne et avaient hâte d'atteindre leur destination finale.

Jules descendit le dernier du wagon et se dirigea vers l'immense hall. Il était un peu perdu, ne parlant que quelques mots d'allemand. Il n'avait jamais voyagé aussi loin et ressentait une grande excitation teintée d'anxiété. Un de ses amis proches, habitué à se rendre à Berlin pour ses affaires, lui avait prodigué de multiples conseils et recommandé un petit hôtel. En sortant de la gare, il héla un taxi et lui tendit le papier où il avait noté l'adresse.

Tandis qu'il traversait la ville, le médecin ne put que constater que tous ces gens ressemblaient à s'y méprendre à ceux rencontrés quotidiennement dans les rues de Nancy. Si ce n'était les panneaux rédigés en allemand et de nombreux bâtiments détruits, on aurait pu se croire en France. Attentif à tout, Jules se dit que, peut-être, il venait de croiser Karl sans le savoir. Il avait hâte d'avancer dans ses recherches. Il régla la course avec les deutsche marks qu'il avait pris soin d'emporter avec lui et se présenta à la réception. Un homme très aimable, qui parlait quelques mots de français, l'accueillit avec un grand sourire et lui remit la clé de sa chambre.

— Voilà, docteur Wagner, bon séjour à Berlin.

— Merci, Monsieur, pouvez-vous me dire où je peux téléphoner ?

— Ja. Poste zentrale être au bout de la rue, répondit l'employé en tendant le bras.

Jules le remercia d'un geste et se dirigea vers sa chambre. L'endroit paraissait modeste, mais propre et fonctionnel, et il s'y trouva bien immédiatement. Il posa ses bagages et décida d'aller appeler Marie, pour la rassurer. Arrivé à la Poste, il réussit à se faire comprendre et fut conduit vers une cabine où, lorsqu'il décrocha le combiné, il entendit la voix de sa femme.

— Mon chéri, je me sentais inquiète… Le voyage a été plus long que prévu ?

— Nous avons été arrêtés près de trois heures à la frontière pour des contrôles. Mais la fin du trajet s'est déroulée sans encombre et je t'appelle de Berlin.

— Tu n'es pas trop fatigué ? s'enquit Marie.

— Je ne serai pas fâché de passer une grosse nuit de sommeil, je dois te l'avouer.

— Parfait. Repose-toi bien et bon congrès. Je t'embrasse.

— Moi aussi, ma chérie, au revoir.

Il raccrocha. La conversation avait été brève. Se sachant probablement sur écoute, mari et femme avaient convenu de se parler très peu et à demi-mot seulement. En sortant de l'administration postale, Jules décida de faire un petit tour dans les rues, avant l'heure du dîner. Le temps se montrait toujours splendide et incitait à la promenade. Un plan à la main, il marcha pendant près de deux heures, poussé par la curiosité. Berlin… Jamais il n'aurait imaginé connaître cette ville tant les relations de son propre pays avec l'Allemagne avaient été tourmentées depuis sa naissance. Au détour d'une petite rue, il arriva sur un immense boulevard rectiligne, bordé d'immeubles de grande hauteur qui tutoyaient le ciel bleu. C'était impressionnant, il n'avait jamais rien vu de tel. Il entendit un coup de klaxon et sursauta. Un bus à deux étages le frôla de si près qu'il en sentit les vibrations de la tête aux pieds. *« Je dois me montrer plus prudent, la circulation automobile semble bien plus importante qu'à Nancy »,* songea-t-il. Il poursuivit sa promenade à travers le quartier britannique de la ville et se retrouva vite devant la porte de Brandebourg, dont on lui avait tant parlé. Le magnifique quadrige qui surplombait l'édifice paraissait encore plus conquérant sous le soleil ardent.

Jules porta son regard sur les immenses panneaux situés à quelques mètres de lui : « *You are now leaving the British sector* ». Ces affichages ne semblaient attirer l'attention de personne, hormis la sienne, et piétons et véhicules avançaient vers le secteur soviétique sans l'ombre d'une hésitation. C'est là qu'il allait chercher la trace de Karl, et il fut tenté de franchir immédiatement le checkpoint. Après une rapide réflexion, il se sentit inquiet à cette idée et renonça. Il avait rendez-vous le lendemain avec un militaire français qui le ferait passer de l'autre côté sans risque d'être refoulé. C'est Marie qui l'avait mis en contact avec cet officier, lui expliquant qu'il se trouvait être le cousin d'une de ses amies. Le médecin avait, une nouvelle fois, été impressionné par la débrouillardise de sa femme : elle paraissait connaître tant de monde ! Après avoir admiré l'édifice, Jules rebroussa chemin vers le secteur français où il avait pris ses quartiers. Il avait marché plus de deux heures en pleine chaleur et se sentait fatigué. Il devait conserver des forces pour le lendemain et garder à l'esprit son objectif : retrouver Karl.

*

Lorsque Jules ouvrit les yeux, le soleil venait juste de se lever. Il regarda sa montre et vit qu'elle marquait à peine six heures. Il avait mal dormi, envahi par des ruminations sans fin autour de ce voyage. Il avait à la fois hâte d'être au lendemain, mais il se sentait inquiet. Certes, il ne pouvait rien se reprocher, il voulait seulement retrouver son frère, mais l'idée de passer à l'Est s'avérait pour lui, comme pour nombre d'Occidentaux, une expérience dérangeante. Le rendez-vous avec son ange gardien était fixé à neuf heures, il allait devoir faire encore preuve de patience. Il referma les yeux et eut l'impression de somnoler quelques instants, mais quand il les ouvrit à nouveau, il réalisa qu'il était plus de huit heures trente. Il bondit du lit, s'habilla en toute hâte et dévala les escaliers quatre à quatre. Neuf heures sonnaient lorsqu'il atteignit le kiosque à journaux où il devait rejoindre le militaire français. L'homme patientait là, reconnaissable à son uniforme.

— Docteur Wagner, je présume ?

— Oui, c'est moi. Vous êtes Robert Haan ?

— Enchanté, répondit Robert en acquiesçant de la tête, vous êtes ponctuel, c'est parfait. Nous partons immédiatement.

Le médecin emboîta le pas à l'officier et quelques instants plus tard ils montaient dans la Jeep de Haan.

— Personne ne va me demander pourquoi je me rends à l'Est ? murmura Jules.

Il se sentait anxieux.

— Ne vous inquiétez pas, les véhicules militaires français ne subissent aucun contrôle, dans tout Berlin, c'est la règle depuis 1945. Je vais vous déposer à l'adresse que vous m'avez indiquée et je vous laisserai rentrer par vos propres moyens. Je vous conseille d'emprunter le métro, c'est le plus sûr.

— D'accord. Mais, vous pouvez m'assurer que je n'aurai pas de problème ?

— Je ne peux rien vous garantir, docteur Wagner, la Stasi voit des espions partout. Je vous recommande de traîner le moins possible dans le secteur soviétique. D'ailleurs nous y voilà, ajouta le militaire en ralentissant.

En franchissant la porte de Brandebourg, Jules observa les gardes est-allemands. Ces derniers regardèrent passer le véhicule sans esquisser le moindre geste. La Jeep fila sur la Stalinallee au bout de laquelle trônait une immense statue du dictateur. Après un quart d'heure environ, Robert Haan gara sa voiture.

— Vous êtes arrivé, Docteur. Soyez prudent, faites au plus vite et envoyez-moi un message à la caserne si vous avez à nouveau besoin de mes services. Mais je vous déconseille de venir ici trop souvent. Au revoir, monsieur Wagner.

— Au revoir capitaine, et merci encore de votre aide.

L'officier esquissa un petit sourire et redémarra. Jules se retrouva seul, terriblement angoissé. Il regarda autour de lui et fut très surpris par ce qu'il découvrit. Il avait, cette fois, la sensation étrange d'évoluer dans un autre monde. De nombreux immeubles étaient en ruine, les stigmates de la guerre semblant beaucoup plus importants qu'à Berlin-Ouest, où la reconstruction battait son plein. Il n'y avait pratiquement aucune voiture et très peu de passants. Les rares personnes qui se trouvaient dans les rues marchaient tête baissée et avançaient d'un pas vif vers leur destination. « *Quelle angoisse !* » pensa Jules, tant la tension se montrait palpable.

Il s'approcha de la petite maison située au numéro 5 de la Warsauerstrasse. Un nom à moitié effacé figurait sur la porte : K. Dietrich. Karl Dietrich… Jules tremblait de tous ses membres. Dans quelques instants, il allait peut-être découvrir son frère. Il avait préparé quelques phrases en allemand pour s'expliquer et espérait que cela suffirait. Et comment allait-il être reçu ? Sans perdre un instant, il sonna. Il attendit un moment, mais personne n'ouvrit. Il recommença, sans plus de succès. La poisse. Que décider maintenant ? Écrire un mot ? Mais son allemand était tellement limité qu'il ignorait s'il parviendrait à se faire comprendre. Constatant qu'un individu l'observait assis sur un banc, il résolut de s'éloigner et de revenir plus tard. Il marcha pendant une bonne partie de la matinée dans les rues de la ville en essayant de se montrer le plus discret possible.

Il était presque midi lorsque Jules s'approcha de nouveau de la petite maison rouge. Sans beaucoup d'illusions, il appuya à nouveau sur la sonnette et la porte s'ouvrit cette fois immédiatement sur un homme grand et blond, aux yeux clairs. C'était Karl.

## 16.

— Alors Papa, tu l'as retrouvé ?

Dès que Jules eut franchi le seuil, Gabriel l'interpella bruyamment. Le jeune homme n'avait cessé de penser au voyage de Jules dont il avait été exclu et avait hâte d'en connaître le résultat.

— Laisse ton père s'asseoir tout de même, il doit être bien fatigué, le réprimanda gentiment Marie.

— En effet, je suis exténué. Il n'a pas arrêté de pleuvoir toute la journée, et la route s'est montrée assez pénible depuis Strasbourg. Quel dommage qu'il n'y ait pas de train direct de Nancy à Berlin, cela aurait été plus confortable !

— Cette pluie était bien nécessaire. Voilà des semaines qu'il fait si chaud ! répondit Marie en l'embrassant.

— Tu as retrouvé Karl ?

Gabriel n'avait aucune envie de parler de considérations météorologiques. Jules lui fit signe d'attendre et s'assit dans son fauteuil habituel, puis se releva pour se servir un whisky.

Son fils fulminait d'impatience, mais réussit à se contenir.

— Oui.

— Comment ça, oui ? Raconte-nous, Papa ! Comment t'a-t-il accueilli ? A-t-il été surpris ? Est-ce qu'il savait qui était son père ? Je t'en prie, dis-moi vite !

— Lorsque j'ai sonné chez lui, reprit Jules, je me sentais inquiet, car j'ignorais comment j'allais être reçu. J'ai tout de suite essayé de lui préciser en allemand l'objet de ma visite, avec les phrases que j'avais préparées. Mais il a rapidement compris que j'étais français et à ma grande surprise, il parlait un français impeccable, ce qui a bien facilité le dialogue, tu t'en doutes.

— Comment connaît-il notre langue ?

— Il est traducteur. Il a étudié le français à l'Université. Il m'a expliqué ensuite qu'il n'ignorait pas que son père était français, sa mère le lui avait relaté avant de mourir. C'est ce qui l'a motivé à s'intéresser à notre pays, même si au plus fort de la guerre, ce n'a pas été simple bien sûr.

— Il connaissait son identité ? interrogea Marie.

— Non. Il m'a raconté qu'il avait souhaité commencer des recherches après 1945, mais qu'il n'avait jamais réussi à obtenir un visa de sortie.

— Comment a-t-il réagi ? Gabriel semblait impatient de tout savoir.

— Il était très ému. Il n'avait jamais pensé avoir une famille française. Nous avons discuté longuement chez lui. J'y ai même dormi, car nous n'arrivions pas à cesser de parler, et Karl m'a fait comprendre qu'il était très imprudent de rentrer au milieu de la nuit.

— Et pourquoi donc ? demanda Gabriel.

— Tu n'imagines pas la vie là-bas, à Berlin-Est. La police politique se montre omniprésente, tout le monde soupçonne tout le monde d'espionnage ou d'intelligence avec l'ennemi.

Karl m'a raconté que des arrestations ont lieu quotidiennement. Des hommes et des femmes disparaissent du jour au lendemain sans que personne ne sache pourquoi. C'est effrayant. En entendant cela, je lui ai d'ailleurs suggéré de venir s'installer en France.

— Ce serait possible ?

— Sur le principe, non, répondit le médecin à son fils. Les Allemands qui vivent en RDA n'ont pas la permission de sortir du pays. Mais la situation à Berlin se montre un peu différente. Le passage à Berlin-Ouest est théoriquement interdit, mais le métro continue de circuler entre les deux Allemagne et il n'y a pas de contrôles.

— Cela paraît surprenant ! s'exclama Gabriel.

— Comme beaucoup de choses là-bas... Mais de nombreux Berlinois travaillent à l'Ouest et les autorités n'ont pas les moyens de tout surveiller. D'ailleurs, c'est le cas de Karl, employé par une entreprise française grâce à son excellente connaissance de notre langue.

— Comment a-t-il réagi quand tu lui as suggéré de venir dans notre pays ? s'enquit Marie.

— Que rien ne le retenait à Berlin, mais qu'il ne se sentait pas prêt à s'expatrier ainsi. « *Plus tard, peut-être* », m'a-t-il répondu.

— J'ai peur qu'un jour ce ne soit pourtant plus possible, dit Marie.

— Pourquoi penses-tu cela, ma chérie ? demanda Jules, un peu surpris.

— Je ne sais pas, quelque chose me dit que les autorités vont finir par tout boucler. Beaucoup trop de gens fuient la RDA, c'est intolérable pour eux, ils devront y mettre fin de manière répressive, à un moment ou à un autre.

Jules regarda sa femme d'un air étonné.

— J'ignorais que tu t'intéressais autant à la politique !

— Non, non, j'ai juste entendu quelqu'un parler de cela, répliqua vivement Marie.

— Tu retourneras à Berlin ?

Gabriel venait d'intervenir.

— Je ne pense pas. J'ai été contrôlé à deux reprises dans les rues de la ville, je sais que c'est trop dangereux d'y aller à nouveau. Nous nous sommes promis de correspondre désormais. Je pourrai lui écrire à son adresse professionnelle. Je te l'ai dit, Karl travaille dans la partie occidentale, il peut donc y recevoir du courrier sans risque.

— De toute façon, il n'y a pas de mal à écrire à sa famille ! ajouta Gabriel.

— Les choses sont plus compliquées que tu le crois, Gabriel. Leurs gouvernants se montrent paranoïaques et ils imaginent sans cesse des complots. Cela pourrait s'avérer compromettant pour Karl de garder le contact avec un Français.

— Quelle stupidité !

— C'est ainsi. Moi aussi, j'aurais tellement aimé connaître mieux Karl, l'inviter à la maison, qu'il découvre son autre pays. Nous nous sommes trouvé un tas de points communs, j'ai eu vraiment le sentiment qu'il était le frère dont j'avais toujours rêvé.

— Que savait-il de son père ?

— Uniquement que ce dernier était français. Il a supplié sa mère de lui en apprendre plus, mais elle a refusé. Elle lui a juste raconté qu'elle l'avait beaucoup aimé, mais que cet amour s'était avéré impossible. Il m'a demandé de lui parler de Charles, mais hélas ! je n'avais que sept ans lorsqu'il est mort et je n'ai pas pu lui en dire beaucoup. Je lui avais amené une photo, la seule que j'ai de lui, celle de son mariage. Karl a pleuré en la voyant, et a simplement déclaré qu'il trouvait son père très beau. J'avais, moi aussi, les larmes aux yeux.

— A-t-il combattu contre la France ?

— Assez peu. Trop jeune lors de la Grande Guerre, il avait près de quarante ans en 1939 et il ne s'est jamais vraiment retrouvé en première ligne. Il m'a dit plusieurs fois qu'il ne se serait pas pardonné d'avoir affronté ses frères. Il se sent français, je crois, infiniment. Ses grands-parents, qui l'ont élevé, étaient des nazis, très fiers de vivre dans le Troisième Reich. Mais il n'a jamais adhéré à leur idéologie, ce qui a valu bien des disputes en famille.

— Que sont-ils devenus ?

— Ils sont morts tous les deux pendant la bataille de Berlin. Ils étaient déjà très âgés et n'ont jamais voulu admettre les horreurs commandées par le Führer, qu'ils adulaient tous les deux. Je crois que Karl ne se pardonne pas de n'avoir pas réussi à les convaincre, mais c'est malheureusement ainsi.

— Il n'a donc plus de famille ? demande encore Gabriel.

— Non. Il ne s'est jamais marié.

— Quelle tristesse, murmura Marie.

Jules ne répondit rien. Il aurait tellement aimé ramener son frère auprès de lui ! Il ne pouvait accepter l'idée de ne jamais le revoir, et espérait bien le persuader prochainement d'émigrer à l'Ouest.

Le téléphone sonna et Gabriel se précipita pour décrocher.

— C'est pour toi Papa.

— Un malade que je dois aller soigner tout de suite, soupira Jules en reposant le combiné. Les vacances sont bien finies pour moi. Je file, ne m'attendez pas.

— Bon courage, mon chéri, répondit Marie en l'embrassant.

Son mari avait passé moins d’une heure à la maison, et c’était toujours aussi difficile pour elle de vivre avec un courant d’air. Mais elle l’aimait.

## 17.

*« Nancy, le 20 décembre 1955*

*Mon cher Karl,*

*J'ai bien du mal à trouver le temps de t'écrire aussi régulièrement que je le voudrais et tu m'en vois désolé. Je pense souvent à toi et j'aurais vraiment aimé que tu viennes. Je me doutais bien que le visa pour la France allait t'être refusé, mais tu as bien fait d'essayer tout de même. Cela aurait peut-être été plus facile si nous avions pu justifier d'un lien de parenté, mais je n'en suis même pas certain. N'ayons donc pas de regret : un jour arrivera où nous serons à nouveau réunis, je n'en doute pas. Si tu savais comme je rêve, en cette période de fêtes, de te revoir, mais aussi de revoir mes chers enfants qui me manquent terriblement.*

*Dans ta dernière lettre, tu m'as conseillé d'aller directement sonner à la porte pour tenter de renouer le dialogue. J'y ai souvent pensé, je me suis retrouvé devant cette porte un nombre incalculable de fois, mais je n'ai jamais eu le courage d'aller jusqu'au bout. Affronter mon ex-femme me terrifie, je l'assume, et faire face à sa compagne encore plus.*

*Je te l'ai raconté, cette femme est un monstre et Henriette lui est totalement soumise. Je ne croise plus beaucoup nos anciens amis communs, mais l'un d'eux m'a relaté quelques scènes effarantes durant lesquelles ils ont vu Simone humilier la mère de mes enfants, sans qu'elle n'ose se rebeller. J'enrageais en entendant son récit. Elle m'a quitté parce qu'elle se sentait prisonnière : dans quel asservissement elle se trouve désormais ! Mais c'est sa décision, et tant pis pour elle si elle s'est fourvoyée. De mon côté, j'ai découvert le bonheur auprès de Marie et c'est le plus important.*

*Ce que je n'arrive toujours pas à accepter, c'est qu'elle ait entraîné nos cinq petits dans ses terribles choix. Seul Gabriel a réussi à fuir ce huis clos délétère, mais comment se construisent les quatre autres ? Cela m'obsède de ne pas le savoir. Cela va te paraître surprenant, mais je n'ai pratiquement jamais croisé au hasard des rues de Nancy ni Henriette ni les enfants. Enfin si : une seule fois, et la scène s'est montrée assez ahurissante pour que je te la raconte. Un matin très tôt, comme j'allais chez un malade, j'ai aperçu deux petites silhouettes marchant sous la pluie, sur ce grand boulevard à la sortie de la ville. Saisi par une intuition, je me suis approché en voiture et j'ai reconnu les jumeaux, Pierre et Joseph. Du haut de leurs douze ans, ils se rendaient à pied vers leur internat en traînant de lourdes valises. Je me suis arrêté, pensant qu'ils allaient se jeter dans mes bras. Ils sont restés sidérés lorsqu'ils m'ont vu. Et quand j'ai proposé de les accompagner, ils se sont mis à courir tous les deux tels des fous, sans se retourner. J'étais abasourdi, anéanti. Je n'ai pas eu le courage de les suivre. C'était il y a deux ans et cette scène m'a hanté pendant des mois.*

*Je me demande sans cesse ce que ces deux femmes peuvent bien leur raconter sur mon compte, et comment elles ont pu ainsi détruire l'image d'un père. J'enrage, mais que faire ? J'ai résolu de les attendre et je me dis qu'un jour, ils reviendront. Anne a dix-neuf ans maintenant, je sais qu'elle s'est inscrite à la faculté de lettres pour devenir professeur. Charles est en Terminale et Pierre et Joseph en troisième. Les reconnaitrais-je seulement ? Si tu savais, Karl, combien cette épreuve me paraît cruelle !*

*Gabriel se montre mon unique consolation, depuis qu'il a choisi de vivre avec moi plutôt qu'avec sa mère. Mais, même s'il ne m'en a jamais parlé, j'imagine bien quel conflit de loyauté il a dû surmonter pour quitter celle-ci. J'ai dû déjà te raconter qu'Henriette a rayé son fils de sa vie depuis le jugement qui m'a confié la garde de Gabriel. Comment une mère peut-elle faire un tel choix ? Il avait à peine dix-huit ans, c'était encore un enfant ! Heureusement, il semble avoir dépassé cette épreuve et cela me réjouit. Sa première année à la faculté s'est avérée un peu chaotique, mais je le sens désormais sur des rails, grâce notamment à son meilleur ami, François, qui l'apaise et le tire vers le haut. J'ai hâte qu'il achève ses études et s'installe avec moi. J'imagine d'avance la plaque : Jules et Gabriel Wagner, médecine générale. Tu dois sourire en me lisant et me trouver bien prétentieux. Mais tout rêve semble bon à prendre, n'est-ce pas ?*

*Je vais m'arrêter là, je crois que Marie m'attend pour ouvrir les huitres. J'aurais aimé les déguster avec toi, car je sais la nourriture beaucoup moins abondante à Berlin. J'espère que tu pourras néanmoins partager un excellent repas avec quelques amis. Envoie-moi vite de tes nouvelles !*

*Je t'embrasse bien fraternellement.*

*Jules »*

Karl replia la lettre et, en tirant les rideaux, il ne put s'empêcher de jeter un œil par la fenêtre. Tout semblait calme à l'extérieur, les rues étaient désertes et le froid glacial n'incitait de toute façon pas à la promenade. En cette veille de Noël 1955, le Berlinois se sentait amer. La missive reçue à l'instant l'avait à nouveau chamboulé. Depuis sa rencontre avec Jules, plus d'un an auparavant, beaucoup de questions sans réponses se bousculaient dans sa tête. Certes, il savait déjà qu'il était le fruit d'un amour impossible, qu'avait vécu sa mère avec un jeune Français. Mais découvrir ce demi-frère et mettre enfin un nom et un visage sur ce père l'avait ébranlé. Près de quarante ans après avoir quitté la France de son enfance, il eut le sentiment que celle-ci lui manquait. Il n'en avait bien sûr jamais oublié la langue, mais lorsqu'il fermait les yeux le soir, il revoyait aussi Dürrenbach et ses merveilleuses forêts de sapins, et il aurait voulu s'y retrouver l'espace d'un instant.

Comme il avait pleuré quand ses grands-parents lui avaient appris, peu de temps après la disparition de sa mère, qu'ils allaient repartir vivre en Allemagne tous les trois. La guerre venait de s'achever sur la défaite honteuse de leur pays, et, effondrés par la mort de leur fille unique, ils n'avaient pu supporter ce nouveau traumatisme. Ils avaient très vite constaté que l'attitude des habitants du village était devenue plus hostile et ils s'étaient résolus à plier bagage, laissant tout derrière eux. Karl avait à peine pu dire au revoir à tous ses amis alsaciens et le déchirement avait été immense pour cet adolescent de dix-huit ans.

Ils étaient arrivés à Berlin un peu avant Noël 1918, Karl s'en souvenait comme si c'était hier. Ils avaient récupéré la maison de leurs ancêtres, miraculeusement intacte, et ses grands-parents s'y étaient tout de suite trouvés bien, malgré les privations et les restrictions. On manquait de tout à Berlin et il avait fallu attendre de nombreuses années avant que l'existence n'y redevienne plus agréable. Mais l'adolescent élevé dans la douceur de la campagne alsacienne avait mis un temps infini à se sentir chez lui dans la capitale allemande. Déraciné, sa mère morte et enterrée en Alsace, sans père, Karl avait grandi comme il avait pu, cabossé par la vie.

Alors que sa scolarité s'était limitée à l'école primaire de Dürrenbach, porté par la rage de ce parcours, il avait réussi des études supérieures en français et était devenu traducteur. Ses grands-parents l'auraient préféré forgeron ou commerçant, mais avaient finalement accepté avec fierté le cursus brillant du fils de leur chère Hannah. Ils étaient morts en paix, l'un après l'autre, et Karl s'était retrouvé seul au monde. Comme beaucoup, il avait dès lors noyé son chagrin dans le travail, qui avait envahi son existence, n'y laissant aucune place pour un destin plus personnel.

À cinquante-cinq ans, le Berlinois vivait en célibataire. Plutôt bel homme, il avait bien sûr tenté l'aventure amoureuse, mais à mi-chemin de sa vie, il n'avait pas réussi à y trouver le sens qu'il en attendait. Et même s'il se disait qu'un jour son tour viendrait, il avait, semble-t-il, renoncé à fonder un foyer. Mais depuis quelque temps, il fréquentait assidument une Française qui travaillait à l'ambassade de France. Plus jeune que lui, gaie et frivole, Germaine le faisait vibrer et il se demandait s'il n'était pas en train de tomber amoureux.

Décidément, le pays de son père lui faisait terriblement envie. Depuis sa rencontre avec Jules, il pensait parfois à fuir vers la France. La vie à Berlin devenait de plus en plus difficile et l'austérité générale. Karl, qui travaillait à Berlin-Ouest, voyait bien la différence entre ces deux mondes. Chaque matin, lorsqu'il franchissait la frontière, il songeait qu'un jour il ne retournerait plus à l'Est. Le courage lui avait toujours manqué, mais l'existence de Jules avait changé bien des choses et cette envie de départ lui revenait souvent. « *Quelle idée absurde ! Je dois l'oublier, je suis trop vieux pour quitter mon pays* », pensa-t-il en se levant. Il prit sa veste et sortit pour se rendre chez les amis qui l'attendaient pour le réveillon.

*

Comme toujours à Berlin, il faisait très froid et le brouillard givrant enveloppait la ville, créant une atmosphère surréaliste. Karl releva son col, s'engonça dans son écharpe grise et fila dans la nuit. Lorsqu'il sonna chez Jorge et Erna, cette dernière lui ouvrit immédiatement et l'invita à entrer. Il avait rencontré Erna à l'Université où elle étudiait aussi le français. Il l'appréciait beaucoup, mais se méfiait de son mari qu'il soupçonnait de travailler pour la Stasi, comme près d'un Berlinois sur trois. Et sa propre activité secrète ne devait surtout pas être découverte par ses amis.

Car Karl, depuis la fin de la guerre, espionnait pour le compte du KGB. Il avait été approché un matin de 1946 par un officier du renseignement soviétique et avait accepté sa proposition. Mais depuis sa rencontre avec son demi-frère, et surtout avec la jolie Française qui faisait battre son cœur, il n'avait plus la foi dans l'idéal communiste et aurait aimé mettre un terme à cette collaboration. Hélas, il savait bien que c'était impossible, sauf à fuir le pays, aussi, il continuait à accomplir les missions qu'on lui confiait, quoiqu'avec de moins en moins de zèle.

— Bonsoir Karl, comment vas-tu ?

Le mari d'Erna venait de s'approcher et lui tendait la main.

— Bonsoir Jorge, répondit-il.

— Nous sommes contents de réveillonner avec toi, ajouta Erna. Figure-toi que j'ai réussi à dénicher de quoi cuisiner un bon repas, nous allons nous régaler.

— Hmm ! j'en salive d'avance, déclara Karl. Quelle chance nous avons, car je trouve l'approvisionnement un peu difficile en ce moment !

— Ne dis pas cela, répliqua Jorge d'un air offusqué, nos autorités font le maximum pour alimenter les rayons et heureusement qu'ils interviennent, car il semble que les Occidentaux font tout pour nous affamer.

Karl ne répondit rien. Il paraissait inutile, voire dangereux, de remettre en cause les croyances du mari d'Erna. Mais lui qui franchissait la frontière chaque jour savait pertinemment que tout fonctionnait mieux à l'Ouest, et que la vie y apparaissait beaucoup plus facile. Il choisit prudemment de changer de sujet.

— Comment se passe ton travail ? Tu devais bénéficier d'une promotion en fin d'année, l'as-tu obtenue ?

Le visage de Jorge s'éclaira.

— Oui. Le chef de bureau a rédigé un courrier pour expliquer combien il était satisfait de mes services et je suis désormais sous-chef de ce service.

— Toutes mes félicitations !

Karl n'avait aucune illusion sur le fait que seule la surveillance permanente des faits et gestes de ses collègues justifiait cette promotion. Comme tous les espions du KGB, il témoignait un certain mépris pour les membres de la Stasi, dont les activités étaient loin de se montrer palpitantes.

— Passons à table, voulez-vous ?

Erna venait de faire son entrée avec un rôti de bœuf fumant.

— Ça sent diablement bon, lança son mari en se levant. Et nous avons tout le temps de savourer ce dîner. Depuis que nous ne nous rendons plus à la messe de minuit dans une église glaciale, nous pouvons réveillonner tranquillement. Le parti a eu raison de supprimer cette tradition ridicule. Nous n'avons pas besoin de ces curés pour nous sentir heureux !

Tous les trois s'assirent autour de la table et profitèrent de l'instant. Vers onze heures, Karl prit congé de ses hôtes et regagna son appartement situé à quelques centaines de mètres. Il fut agacé de découvrir qu'un homme l'observait du coin de l'œil et s'éloigna aussitôt. « *Cette surveillance perpétuelle devient insupportable* », songea-t-il en haussant les épaules.

# 18.

Les festivités de fin d'année s'étaient achevées, et la vie reprenait son cours à Berlin en ce début de janvier 1956. Ce matin-là, Karl descendit du métro et grimpa les escaliers quatre à quatre. Il n'était pas très en avance et avait hâte de revoir Germaine. Il remonta la Friedrichstrasse d'un pas assuré et joyeux à la fois. Cette période de congés, loin de l'agitation habituelle de son quotidien, lui avait fait réaliser à quel point la solitude lui pesait. C'était décidé, il allait demander à Germaine de l'épouser et déménager à Berlin-Ouest avec elle, tant qu'il en était encore temps. Car il se murmurait qu'un jour ou l'autre, les autorités de RDA fermeraient hermétiquement les frontières, tant les défections étaient nombreuses.

Presque chaque semaine, Karl apprenait le départ d'un ami, d'un voisin, d'un collègue. Lorsqu'il serait marié avec Germaine, ils pourraient même s'installer tous les deux en France et se trouver ainsi hors de portée des Soviétiques. De toute façon, Karl se sentait déterminé. Il allait expliquer qu'il désirait fonder une famille et arrêter ce travail occulte. Nul doute que les rouges comprendraient.

En arrivant à son bureau, il déposa ses affaires sur sa chaise et sortit dans les couloirs, pour souhaiter une bonne année à tous ses collègues. Mais qu'elle ne fut pas sa déception lorsqu'il parvint devant le bureau de Germaine : il était vide et ne laissait voir aucune trace de celle-ci. Il frappa à la porte voisine.

— Tous mes vœux, Raymond. Je cherche Germaine, sais-tu pourquoi elle n'est pas là ?

— Bonne année, Karl. Justement, je t'attendais. Elle m'a confié une lettre pour toi. Elle a été mutée à Paris, elle a déjà quitté l'Allemagne.

— Comment cela ? Elle ne m'a parlé de rien.

— J'ai compris que cela avait été subit et qu'on ne lui a guère laissé le choix. Elle a essayé d'aller te trouver pour te dire au revoir, mais elle a été contrôlée à la sortie du métro et refoulée vers l'Ouest.

Karl vacilla sous le choc de cette nouvelle. Comment était-ce possible ? Et que pouvait-il faire maintenant ? Il remercia son interlocuteur d'un geste et retourna vers son bureau pour lire la lettre de Germaine.

*« Mon cher Karl,*

*J'imagine ta déception lorsque tu recevras cette lettre. J'ai en effet été mutée à Paris, pour plusieurs semaines, pour une mission très importante. La décision a été prise brusquement entre Noël et le réveillon du Nouvel An et j'ai sauté dans le premier avion pour Orly ce matin, sans avoir pu te dire au revoir. Surtout, ne m'en tiens pas rigueur. Je ne suis pour rien dans cette décision, j'ai dû l'accepter sous peine de perdre mon emploi chez Renault.*

*C'est très brutal pour moi aussi, mais le directeur m'a promis que ce n'était que temporaire. Je reviendrai et j'espère que tu m'attendras.*

*Écris-moi si tu veux chez ma sœur : 10 rue Lapeyrère à Paris 18ᵉ. Je t'embrasse tendrement.*

*Germaine »*

À peine avait-il fini de lire, qu'on frappa à la porte de son bureau. C'était la secrétaire.

— Bonjour monsieur Dietrich, le directeur voudrait vous parler.

— Maintenant ?

— Oui, il vous attend.

Karl se leva et suivit la jeune femme, intrigué. Le chef de service l'accueillit avec un grand sourire.

— Entrez, mon cher Karl.

— Bonjour Monsieur. Vous avez souhaité me voir.

— Oui, en effet.

Il toussota d'un air gêné avant de reprendre son propos.

— Votre amie Germaine a été mutée à Paris pour une affaire de… la plus haute importance, et nous nous demandions si vous seriez content de l'y rejoindre.

Karl était stupéfait par cette proposition surprenante.

— Je dois y réfléchir, mais vous savez que je suis Est-allemand et que je ne peux quitter le pays.

— Vous aimez la France n'est-ce pas ? L'Occident ? La démocratie ?

Karl restait interdit. Que répondre ?

— Sans doute, murmura-t-il prudemment.

— Nous avons besoin de personnes comme vous, pour lutter contre le risque d'une nouvelle guerre. Je vais me montrer plus direct Dietrich. La CIA m'a demandé de vous recruter pour des missions à Paris.

— La CIA ?

— Je ne vais pas tergiverser. Nous n'ignorons pas que vous travaillez pour les Russes, nous le savons depuis des années. Vous transmettez des informations fausses, que nous nous arrangeons pour vous fournir. Mais aujourd'hui, nous avons besoin de vous, le monde libre a besoin de vous. Germaine ne reviendra pas à Berlin. Si vous voulez la retrouver, il faut accepter ma proposition.

Karl s'assit sur une chaise, les mains tremblantes. Tout se bousculait dans sa tête. Était-ce l'occasion qu'il attendait ? Il se leva d'un bond.

— J'accepte.

— À la bonne heure.

— Quand pourrais-je partir ?

— Bientôt. Mais avant, nous allons vous confier une mission de la plus haute importance. Vous devrez récupérer des documents dans une administration à Berlin-Est et les emmener à Paris avec vous.

— Je risque ma vie !

— Effectivement, je ne vous le cache pas. Mais si vous réussissez, vous serez libre. Je crois que vous aimez la France et que vous y comptez de la famille ?

— Vous êtes bien renseigné.

— C'est mon métier, mon cher, répondit le directeur en souriant.

Il lui tendit une enveloppe.

— Toutes les instructions se trouvent ici. Prenez-en connaissance et apprenez tout par cœur. Il tombe sous le sens que vous ne pouvez emporter cette note chez vous ce soir. Vous disposez d'une semaine pour agir. Ensuite, il sera trop tard. Dès que vous serez de retour, nous nous occuperons de vous fournir de faux papiers et un billet d'avion pour Paris où Germaine vous attend.

*

Karl sortit du bureau sans un mot, encore sonné par la scène qu'il venait de vivre. Avait-il réellement accepté de devenir un agent double, sans y réfléchir plus de trois secondes ? Et était-ce possible que Germaine travaille ainsi pour les Occidentaux depuis de nombreuses années ? Décidément, ce monde d'après-guerre apparaissait bien étrange, comme si le conflit se poursuivait, sans fusils ni canons. Il croisa un de ses collègues qui, après lui avoir souhaité la bonne année, s'étonna de le voir aussi préoccupé.

— Ce n'est rien, je suis juste contrarié que Germaine soit partie.

— C'est un sale coup qu'ils t'ont fait là. Mais elle reviendra, mon vieux.

Karl esquissa un sourire dépité et s'éloigna vers son bureau. La journée s'écoula avec lenteur et son efficacité au travail lui parut proche de zéro. Il n'avait pourtant aucun regret d'avoir accepté la proposition de son chef. Il réalisa que depuis longtemps, il ne croyait plus à l'idéal communiste et que toutes les missions qui lui avaient été confiées par le KGB ne tendaient que vers un seul objectif : obtenir la bombe H, comme les Américains.

Comment avait-il pu se laisser duper ainsi par cette propagande ? Il ne pouvait ignorer, lui qui naviguait chaque jour de l'Est à l'Ouest, que la vie paraissait bien plus facile côté occidental. La liberté… il en rêvait. Pouvoir parler en public, sans censure et sans risque d'être arrêté, emprisonné, voire torturé. Libre de penser, d'agir, de contredire et d'exister tout simplement. Lors de sa visite un an auparavant, Jules avait longuement évoqué son quotidien en France et Karl n'en doutait plus : c'était cette existence qu'il voulait vivre. La chance qui lui était offerte aujourd'hui ne se représenterait plus de sitôt, il devait donc la saisir, sans l'ombre d'une hésitation.

Le Berlinois n'avait pas peur, même s'il connaissait les risques. « *La liberté est un combat que je peux gagner ou perdre, mais je dois être acteur de ma destinée* », pensa-t-il. Mais il réussirait, il était déterminé. Le souvenir du sourire de Germaine le galvanisait. Il ouvrit l'enveloppe et commença à lire les instructions écrites à l'encre noire.

# 19.

## Nancy janvier 1956

En descendant du train, Marie se sentit immédiatement envahie par le froid. Pourtant, elle savait que les températures étaient réputées se montrer plus clémentes à Paris qu'à Nancy, mais elle grelottait. Était-ce la fatigue d'une nuit sans sommeil ou bien était-ce la peur qui se tapissait au fond d'elle ? Elle l'ignorait, mais elle claquait des dents en s'avançant dans la gare de l'Est. La femme de Jules avait insisté pour intervenir sur cette mission à haut risque lorsqu'elle avait appris pour Karl.

Marie travaillait pour le compte des services secrets français depuis la fin de la guerre et, même si son union avec Jules l'avait fait douter, elle avait persévéré en bon petit soldat. Pourquoi avait-elle été recrutée dix ans plus tôt, alors qu'elle n'était qu'une modeste vendeuse de vêtements dans un magasin d'Épinal ? Qui l'avait signalée aux cadres du renseignement ? Elle se le demandait encore. Était-ce parce qu'elle avait été régulièrement violentée par son mari et qu'elle avait démontré une force de caractère et un courage hors du commun ? En tout cas, elle n'avait pas douté un instant et avait accepté tout de suite. Ses contacts lui avaient laissé miroiter l'importance de la liberté et de la démocratie face au communisme, qui s'était montré, dès l'Allemagne vaincue, le seul véritable ennemi. Marie restait convaincue d'œuvrer pour le camp du bien et avait persévéré, malgré le danger.

Plus d'une fois, elle avait failli en parler à son mari, mais y avait toujours renoncé. Même si elle avait une totale confiance en lui, le risque était trop grand de l'impliquer dans cette vie clandestine. Et, préoccupé par son travail, le médecin n'avait jamais semblé remarquer ses voyages et déplacements un peu trop fréquents. Elle avait donc choisi de le laisser à l'écart de tout cela, aussi longtemps que possible. Mais Karl était son demi-frère et il allait lui être difficile de ne rien dire cette fois.

Car elle avait vite saisi que Jules se sentait terriblement inquiet pour le Berlinois. Ce dernier lui avait téléphoné au début du mois de janvier, de manière très inhabituelle, et lui avait fait comprendre à demi-mot qu'il allait se passer quelque chose d'important. La conversation n'avait duré que quelques minutes, mais Jules avait ressenti l'angoisse profonde de Karl. Il en avait parlé à Marie un matin.

— Je me demande si son coup de fil n'était pas un appel à l'aide. Peut-être devrais-je retourner à Berlin ?

— Ne dis pas de bêtise, avait répondu sa femme, tu sais bien qu'il est hasardeux pour un Français de se rendre là-bas. Tu as eu beaucoup de chance l'an dernier de ne pas être suspecté. Tu te fais du souci inutilement.

Mais Marie avait réussi à obtenir des informations et n'ignorait pas que des agents de la CIA allaient exfiltrer Karl vers Paris, au cours d'une mission à haut risque. Elle s'était alors portée volontaire pour récupérer le microfilm que ce dernier devait rapporter de Berlin. Elle devrait ensuite aller à Orly transmettre le précieux paquet à une hôtesse de l'air de la Pan Am.

La file d'attente des taxis semblant interminable, elle résolut de prendre le métro. Tout en descendant le large escalier, elle consulta sa montre. Il était à peine deux heures, le rendez-vous était fixé à cinq heures, elle disposait donc de trois grandes heures pour arriver au Louvre et y retrouver Karl. Elle était finalement ravie de pouvoir joindre l'utile à l'agréable. Elle n'avait jamais mis les pieds dans un musée et se réjouissait à l'idée de commencer par le plus prestigieux d'entre eux. Voir la Joconde était son rêve : elle avait tellement entendu parler de ce tableau. Mona Lisa avait récupéré sa place en grande pompe en 1945, après avoir été cachée à l'abri des nazis durant la guerre. La femme de Jules allait enfin pouvoir la contempler.

En pénétrant dans la rame qui venait d'entrer dans la station, Marie jeta un coup d'œil rapide derrière elle, mais ne constata rien de suspect. Elle fut très vite arrivée à Palais-Royal et sortit du métro devant l'illustre bâtiment. Quelle architecture somptueuse ! Même si la ville de Nancy ne manquait pas de magnifiques monuments, elle n'avait jamais rien vu de tel. Elle s'arrêta un instant pour admirer le panorama sur le jardin des Tuileries, puis saisie à nouveau par le froid, s'engouffra dans le musée. Après avoir acheté son ticket et consulté le plan, elle se mit à déambuler dans les longs corridors.

Marie se montrait ébahie par toute la beauté qui s'offrait à ses yeux. Elle n'ignorait pas qu'elle ne disposerait que de peu de temps et ne savait donc par où débuter sa visite pour ne rien rater. Le lieu avait retrouvé son lustre d'antan, et les murs étaient à nouveau couverts d'œuvres plus splendides les unes que les autres. Elle résolut de commencer par son objectif principal : admirer la Joconde. Elle dut demander à deux reprises son chemin à un gardien, mais arriva enfin face à la célèbre toile de Léonard de Vinci. De nombreux badauds se pressaient devant le tableau et elle eut du mal à se frayer un passage. Elle contempla la belle Florentine et son regard mystérieux pendant de longues minutes et ressentit une réelle émotion, plus forte que ce qu'elle aurait cru. Puis elle s'éloigna, ne sachant où donner de la tête. Elle aperçut soudain une toile immense sur laquelle une jeune femme portait un drapeau. En s'approchant, elle lut le titre de l'œuvre : « La liberté guidant le peuple ». Elle trouva ce tableau véritablement inspirant et s'assit pour mieux l'examiner. Elle reprit ensuite sa promenade en rêvassant.

Il était cinq heures moins le quart. Marie consulta le plan et constata que la galerie d'Apollon, où le rendez-vous était fixé, se situait à l'opposé. Elle ne devait donc pas traîner. Elle se remémora rapidement les instructions puis s'avança vers la salle. Tout semblait calme, seuls quelques visiteurs déambulaient et la foule se montrait bien moins imposante que face à la Joconde. Elle aperçut tout de suite Karl, dont elle connaissait le visage grâce à un cliché qui lui avait été transmis. Elle s'approcha de lui en faisant mine de s'intéresser aux œuvres présentées, mais elle ne le quittait pas des yeux. Le Berlinois l'avait manifestement identifiée et il s'assit sur un banc au milieu de la salle, pour admirer une gigantesque toile, qui parut le passionner. Marie s'avança et se positionna dos à dos avec Karl, pour observer intensément le tableau situé sur le mur d'en face. L'illusion était parfaite, deux amateurs de peinture parmi tant d'autres : il semblait difficile de soupçonner quoi que ce soit. D'ailleurs, personne n'avait l'air de leur prêter attention.

— Aimez-vous l'art ? murmura Marie.

— Surtout l'art étrusque, répondit Karl comme convenu.

Il fouilla discrètement dans sa poche pour attraper un mouchoir ainsi qu'une boîte d'allumettes qu'il déposa derrière lui. Marie s'en saisit et la fit disparaitre dans son sac avec agilité. Alors qu'elle se levait, elle ajouta :

— Je suis la femme de Jules, il vous attend à Nancy.

Karl la regarda un instant avec surprise et se ressaisit immédiatement tandis qu'elle s'éloignait. Il se demanda s'il n'avait pas rêvé. La femme de Jules... Jamais il n'aurait imaginé cela : quel incroyable concours de circonstances ! Son frère connaissait-il d'ailleurs les activités secrètes de son épouse ? Toutes ces questions trouveraient une réponse plus tard. Pour le moment, il avait terminé sa mission et allait pouvoir retrouver Germaine.

*

Karl remontait la rue Caulaincourt d'un bon pas. Il était ravi d'avoir accompli sa mission sans encombre, tant à Berlin qu'à Paris, et osait à peine y croire. Une nouvelle vie s'offrait enfin à lui, en France et aux côtés de Germaine. La nuit était tombée sur la capitale et le brouillard de janvier pénétrait partout, rendant l'atmosphère assez irréelle. Les Parisiens se pressaient vers le cœur du dix-huitième arrondissement, après une journée de labeur. L'Allemand n'avait pas froid, habitué à la rigueur de Berlin, et sifflotait, les mains dans les poches. Il se sentait content. Ce pays était décidément le sien, il en était de plus en plus persuadé. Tout paraissait magnifique ici, dans la rigueur hivernale de janvier. Comme ils allaient être heureux ! Il s'imaginait déjà rendre visite à Jules et Marie à Nancy, accompagné de sa femme, et partager de bons repas en famille. Lui qui se sentait seul depuis si longtemps, avait l'impression qu'une nouvelle vie, empreinte de douceur et de chaleur, s'offrait à lui. Bien sûr, il ne deviendrait jamais père, à cinquante-six ans, ce n'était pas envisageable, mais il coulerait de vieux jours paisibles en France.

Il arriva au coin de la rue Lapeyrère un peu avant sept heures du soir. Elle semblait déserte, il croisa juste une jeune femme promenant un affreux roquet, et cela le fit sourire. Il marchait avec lenteur, cherchant des yeux le numéro dix. Il s'arrêta un instant pour réajuster sa cravate, excité à l'idée de retrouver Germaine.

Il ne prêta pas attention aux deux hommes vêtus de noirs qui s'approchaient discrètement. Lorsqu'il releva la tête, il fut surpris de voir que l'un d'entre eux portait une canne et songea que ces Parisiens avaient parfois une élégance qui frôlait le ridicule. Ce fut sa dernière pensée, foudroyé par une piqûre de cyanure. Leur besogne accomplie, les deux agents du KGB s'éloignèrent rapidement et s'engouffrèrent dans la voiture qui les attendait au coin de la rue Ordener.

## 20.

La maison paraissait déserte quand Marie ouvrit la porte. Jules ne semblait pas être rentré malgré l'heure tardive et elle poussa un soupir de soulagement. Elle appréhendait énormément la réaction de son mari lorsqu'elle allait devoir lui annoncer l'indicible : la mort de Karl. Depuis qu'il avait appris l'existence de ce dernier, le médecin n'avait eu de cesse que de retrouver ce demi-frère tombé du ciel. Karl avait pris une importance considérable à ses yeux, et Jules essayait désespérément de rattraper le temps perdu. Il avait vécu plus de quarante ans sans connaître ce frère allemand et pourtant, celui-ci était devenu indispensable dans sa vie. Marie le savait, depuis l'été précédent, il ne se passait pas une semaine sans que son époux ne commençât une de ses phrases par : « *Quand Karl sera là* ».

Et il ne serait jamais là. Elle ne l'ignorait pas, le traumatisme de la disparition de son père Charles, alors qu'il n'était qu'un petit garçon, avait créé un immense sentiment d'abandon chez Jules. Marie l'avait bien compris, s'enticher ainsi de Karl était une façon pour lui de faire revivre Charles. Comment allait-il supporter la mort de son frère ? Et comment allait-elle pouvoir lui apprendre cette funeste nouvelle ? La jeune femme avait décidé que c'était à elle, et à elle seule, d'accomplir cette terrible tâche, mais elle se sentait défaillir à cette idée. Elle avait pourtant insisté auprès de ses supérieurs, sachant qu'elle devrait, par là même, dévoiler ses activités secrètes à son mari. Mais elle était déterminée : le quotidien d'espionne était terminé pour elle, elle allait quitter ce monde trop cruel pour toujours. Un officier avait bien tenté de la convaincre de poursuivre, mais Marie avait tenu bon. Elle ne serait plus désormais que l'épouse d'un médecin de Nancy Jules allait avoir besoin de toute sa tendresse pour faire face à ce nouveau drame.

Marie s'activait dans la cuisine pour préparer le repas du soir lorsque Jules apparut, tout sourire. Il semblait d'excellente humeur et ravi de retrouver celle-ci.

— Ma chérie, te voilà enfin ! Ces trois jours passés chez Arlette m'ont paru interminables. Comment va ta cousine ?

— Bien, répondit-elle embarrassée.

— Tu n'as pas l'air dans ton assiette ?

Son mari venait de s'apercevoir de sa pâleur inhabituelle.

— J'ai une terrible nouvelle à t'annoncer, et je préfère que ce soit tout de suite.

Jules avait blêmi.

— Il est arrivé quelque chose ? Est-ce Gabriel ? Ou un autre de mes enfants ?

— Non. Il s'agit de… Karl.

— J'avais raison d'être inquiet ! Il est malade ? Comment le sais-tu ?

— Mon chéri, je suis navrée… Karl est mort.

Jules ne répondit rien, sonné par cette nouvelle. Il eut le sentiment que la terre se dérobait sous ses pieds. Sa vision devenait floue, il tremblait, avec l'impression de revivre un cauchemar. Il avait soudain rétréci, et était redevenu le petit garçon de sept ans à qui l'on avait annoncé le décès de son père. Marie s'avança et le prit dans ses bras.

— Ton frère ne souffrait d'aucune maladie, il est mort accidentellement. C'est une longue histoire…

Elle cherchait ses mots, consciente du traumatisme supplémentaire qu'elle allait provoquer.

— Qu'est-il arrivé ?

— Karl se trouvait à Paris pour mener à bien une mission… clandestine. Il travaillait depuis peu pour les services américains qui l'avaient exfiltré de Berlin pour qu'il échappe au KGB qui s'était lancé à sa poursuite. Des agents soviétiques l'ont, hélas, retrouvé et exécuté afin qu'il ne parle pas. Il a été empoisonné en pleine rue. Un passant l'a découvert sur le sol, ils ne lui ont laissé aucune chance. Je suis désolée, ajouta-t-elle, les larmes aux yeux.

Jules n'en croyait pas ses oreilles. Son frère, un espion ? Pour le compte des États-Unis ? En fuite d'Allemagne de l'Est ? Il avait déjà entendu évoquer ces histoires de guerre du renseignement, mais cela lui semblait à des années-lumière de sa plate vie de médecin de province. Pourquoi Karl ne lui avait-il parlé de rien ?

— Mais… comment as-tu appris tout cela ?

Il venait de poser la question que Marie attendait avec appréhension. Mais elle était décidée à lui dire la vérité, alors elle se lança.

— Mon chéri, crois-moi, j'aurais voulu te le dire à maintes reprises, mais on ne m'y a pas autorisée. Je travaille, moi aussi, pour les services secrets. Enfin, jusqu'à hier, car j'ai annoncé à mon supérieur que je mettais fin immédiatement à ma collaboration.

Son mari mit un instant avant de comprendre ces mots. De nombreuses émotions l'envahissaient sans qu'il réussisse à y remettre de l'ordre. Chagrin de la mort de Karl, sentiment de trahison, colère, tout y passait. Il quitta la pièce sans la regarder, incapable de faire autre chose.

— Jules, je t'en prie, je suis désolée, pardonne-moi, lança Marie, dans une tentative pour reprendre le dialogue.

Mais elle réalisa vite que ce n'était pas le moment et s'assit, la tête entre ses mains. Quel désastre ! Son couple allait-il résister à cette tempête ? Aurait-elle dû avertir son mari plus tôt de son activité secrète ? Outre son chagrin immense, Marie comprit qu'il s'était senti trahi. « *Je ne pouvais pas faire autrement* », songea-t-elle, désespérée. Elle se leva et résolut de monter rejoindre Jules. Elle devait lui expliquer et le soutenir du mieux qu'elle pouvait face à ce drame.

Arrivée dans leur chambre, elle l'aperçut immédiatement, assis sur le lit et adossé au mur, son éternelle Gauloise bleue à la bouche. Son visage n'exprimait aucune émotion particulière, mais Marie, qui le connaissait bien, observa tout de suite la profonde détresse au fond de ses yeux. Elle s'approcha doucement et posa la main sur son bras, tout en cherchant son regard.

— Tu te sens triste n'est-ce pas ?

Jules ne répondit pas. Elle insista.

— Je comprends. Karl était devenu tellement important pour toi depuis que tu l'avais retrouvé. Je suis désolée.

— Sommes-nous encore en guerre ? Je pensais que non, lança le médecin avec rage.

Il était révolté, comme cela ne lui était pas arrivé depuis la mort de son père quarante ans auparavant.

— Ce n'est plus le même conflit : pas d'armes de destruction massive, mais, si tu savais combien de disparitions brutales sont passées sous silence ! Il y a dix ans, nous rêvions tous d'un monde de paix, mais je crains fort que celui-ci n'existe jamais, au vu de la folie des hommes. Très vite, les gouvernements occidentaux ont compris que Staline souhaitait imposer son idéal communiste à la planète entière. Le face-à-face officiel s'est accompagné d'une confrontation des services de renseignements, plus discrète, mais encore plus impitoyable. Et malgré sa mort il y a trois ans, rien n'est réglé. Sais-tu que les États-Unis ont fait, il y a trois ans, des essais d'une bombe cent fois plus puissante que celle d'Hiroshima et que les Soviétiques détiennent désormais aussi cette technologie ?

— La bombe H, murmura Jules.

— En effet, répondit-elle, et nous sommes passés, à de nombreuses reprises, à deux doigts de voir l'humanité tout entière détruite. Voilà contre quoi j'ai choisi de me battre. À plusieurs occasions, j'ai voulu arrêter, mais je n'ai pas pu l'assumer. J'ai envie de permettre à mes petits-enfants de grandir dans un monde libre.

— Mais tu aurais pu m'en parler.

— Cela m'était interdit Jules ! On nous demande de nous montrer discrets. Avertir nos proches peut les mettre en danger. Ne pense surtout pas qu'il s'agit d'un manque de confiance, mais plutôt d'une preuve d'amour.

Jules ne répondit pas, mais regarda enfin sa femme dans les yeux. Marie poursuivit, encouragée par ce regard.

— De toute façon, je te l'ai expliqué, j'ai prévenu mes supérieurs que j'arrêtais. Ce qui est arrivé à Karl a servi d'électrochoc pour moi, je ne souhaite plus prendre de tels risques, j'aimerais juste que nous coulions de vieux jours heureux tous les deux.

Le médecin lui sourit faiblement.

— Bien sûr. As-tu des informations concernant les obsèques de Karl ?

— On ne lui connaît aucune famille, à part toi et sa compagne est française : il devrait être enterré en France.

— Je veux qu'il soit inhumé à Belfort, auprès de notre père, Charles, ils doivent reposer ensemble. Je vais faire les démarches nécessaires. Je téléphonerai dès aujourd'hui à la morgue de l'hôpital Saint-Louis. Après les obsèques, j'irai à Berlin vider son appartement et récupérer quelques souvenirs.

— C'est dangereux, de se rendre en RDA, tu le sais parfaitement.

— J'irai.

Marie n'insista pas. Ils restèrent longtemps serrés l'un contre l'autre. Ils s'aimaient et cet amour les portait à cet instant.

# Tous les chagrins

1957-1961

*« Tous les chagrins peuvent être supportés si on les transforme en histoires ».*

*Karen Blixen*

## 21.

**Nancy, mai 1957**

Gabriel courait dans le couloir lugubre de l'hôpital Maringer, tout en tentant d'enfiler la manche de sa blouse blanche, qui refusait de se plier à son désir. Il était en retard, comme d'habitude, et s'il ne voulait pas faire mauvaise impression pour le premier jour de son stage, il avait intérêt à se dépêcher. Les six semaines qu'il allait passer dans le centre des maladies infectieuses ne l'enthousiasmaient pas, mais il n'avait guère le choix. Sa détermination à devenir psychiatre restait intacte car il souhaitait ardemment soigner les âmes et non les corps. Il se pliait néanmoins aux obligations qui étaient celles d'un étudiant en médecine, naviguant de service en service au gré de ses affectations.

Le fils de Jules terminait sa cinquième année de médecine et, même si ses débuts à l'Université s'étaient avérés compliqués, il se sentait désormais parfaitement à l'aise. Il avait eu très peur lorsqu'il avait réussi sa première année de justesse et à la deuxième session et cela lui avait servi de leçon. Il étudiait maintenant avec sérieux, la maturité et l'exemple de son ami François l'ayant entraîné sur la bonne voie. Sauf retournement de situation, il serait médecin et cette promesse l'enchantait un peu plus chaque jour. Il se sentait heureux d'avoir rendu fier son père. Il ignorait si sa mère l'était aussi, et surtout, si elle le lui dirait un jour, mais cela ne lui importait, en définitive, plus tellement.

Ce nouveau stage s'annonçait passionnant, bien que plutôt inquiétant. Une épidémie de poliomyélite sévissait en effet dans la région depuis quelques semaines et les patients, parmi lesquels beaucoup d'enfants, affluaient chaque jour un peu plus nombreux. Malgré les précautions prises face à cette maladie très contagieuse, les soignants tombaient comme des mouches. Les vaccins contre le virus, qui venaient juste d'être brevetés, manquaient cruellement, et la plupart des médecins avaient choisi de laisser les doses disponibles aux populations les plus exposées. Après en avoir discuté avec Jules, Gabriel avait également renoncé à bénéficier de cette protection. Après tout, il ne resterait que quelques semaines dans ce service, il saurait faire preuve de prudence. Il se sentait malgré tout assez inquiet, mais essayait de ne pas le montrer.

En consultant sa montre, Gabriel constata qu'il était exactement huit heures au moment où il franchit la porte du service. Il interpella une infirmière qui passait par là, portant masque et gants.

— Bonjour, je suis Gabriel Wagner, je suis le nouvel externe.

– Bonjour. Je vous laisse entrer dans le vestiaire et vous équiper. Surtout, ajustez bien votre masque et n'y touchez plus ensuite. Marie-Thérèse se trouve déjà dans la salle commune, vous pouvez la rejoindre.

— Marie-Thérèse ?

— Vous ne la connaissez pas ? C'est notre interne, une personne formidable et tout Nancy ne parle que d'elle et de son dévouement.

— Une femme interne ? murmura Gabriel.

Il n'en avait jamais rencontré. Le concours était, en principe, ouvert aux filles, mais dans la pratique, elles ne réussissaient jamais, les grands pontes de la faculté ayant décrété que ces demoiselles ne pouvaient mener une carrière à l'hôpital. Cette inégalité de traitement ne choquait personne, pas plus Gabriel que ses congénères.

— Marie-Thérèse est un médecin exceptionnel, je crois que même ces messieurs s'en sont rendu compte, et ils n'ont pas pu la refuser à l'examen, ajouta l'infirmière dans un sourire. Je dois y aller, à tout à l'heure.

Gabriel entreprit de se préparer comme lui avait recommandé la jeune femme. Partout, des panneaux étaient affichés : « *Prenez garde à la contagion* », « *Désinfection systématique des mains à l'alcool* ». Bien que passionné par son métier, Gabriel ne se sentait pas très rassuré. Et s'il attrapait la polio ? Certains en mouraient, beaucoup restaient handicapés pour toujours, c'était réellement effrayant et les soignants commençaient à payer un lourd tribut à l'épidémie en cours. « *Nous verrons bien, pour le moment je dois me concentrer sur les malades qui ont besoin de moi* », songea le jeune homme.

D'un pas vif, il traversa le long couloir blanc où patientaient quelques familles. Certaines mères avaient les yeux rougis. Tous paraissaient épuisés. Gabriel n'ignorait pas que les parents n'étaient pas autorisés à rendre visite à leurs enfants et se dit que cela devait être terrible d'attendre ainsi, en se sentant totalement impuissant.

— Docteur, je voudrais des nouvelles de ma petite !

Une femme s'était levée brusquement et s'avançait vers lui.

— Bonjour Madame, je suis le nouvel externe du service, je viens d'arriver et…

— Je vous en supplie ! Personne ne me répond et elle n'a que quatre ans. Je ne sais rien de son état, je meurs d'inquiétude.

— Comment s'appelle votre fille ?

— Nicole Dubois. Elle a de longs cheveux blonds et les yeux rieurs, vous la reconnaitrez sans aucun doute. Je vous en prie, donnez-moi des nouvelles !

— Je vous le promets, je vous en fournirai dès que possible.

Gabriel l'apaisa d'un sourire et passa la lourde porte donnant accès à la salle commune. Le spectacle qu'il découvrit le stupéfia. Dans la pièce immense s'alignaient plus d'une cinquantaine de lits, la plupart occupés par des enfants. Autour d'eux, un ballet d'ombres blanches, hommes et femmes, habillés de surblouses et masqués, s'affairaient dans un bruissement incessant. Quelques religieuses étaient là également, ainsi qu'un prêtre, manifestement en train d'administrer les derniers sacrements. Un ronronnement assourdissant, venu d'on ne sait où, saisissait le visiteur. L'étudiant se dirigea vers une infirmière assise à l'entrée de la salle.

— Bonjour ma sœur, je cherche Marie-Thérèse.

— Vous la trouverez juste devant vous, au chevet de Nicole, répondit la nonne.

Gabriel s'avança vers l'endroit indiqué et aperçut la jeune interne. Marie-Thérèse était indéniablement une jolie fille. Agée de presque vingt-huit ans, elle avait une allure très juvénile et les patients la prenaient souvent pour une jeune étudiante inexpérimentée, ce qui la faisait beaucoup rire. Pour tenter de paraître plus sérieuse, elle se maquillait avec soin chaque jour et cela rendait ses traits encore plus harmonieux. Sa petite taille et sa minceur donnaient envie de la protéger mais tous ceux qui la connaissaient savaient qu'elle n'en avait nul besoin. Gracieuse et pétillante, avec d'épais cheveux noirs rassemblés en queue de cheval, elle ressemblait à une madone italienne.

Lorsqu'elle se tourna vers Gabriel, il put lire l'épuisement sur son visage cerné. Mais elle trouva malgré tout la force de sourire au nouvel arrivant. Ce sourire franc et sympathique toucha le jeune homme en plein cœur et il se sentit heureux d'être là.

— Bonjour, je suppose que tu es Gabriel Wagner ? Ravie de te rencontrer. Comme tu peux le constater, nous ne manquons pas de boulot.

— Oui, c'est bien moi. Dis-moi comment je peux t'aider.

La sympathie avait été immédiate et réciproque entre les deux futurs médecins, et Gabriel sentit qu'il allait beaucoup progresser aux côtés de Marie-Thérèse.

— Va ausculter le garçon qui vient d'arriver. Nous n'avons aucun doute : il s'agit bien de la polio, hélas, mais il nous faut évaluer rapidement la gravité de son atteinte.

— Je ne sais pas grand-chose de ce satané virus…

— Tu apprendras vite ! Je te rejoins dès que j'ai fini.

Gabriel se hâta vers l'adolescent qu'on lui avait désigné et qui avait l'air assez mal en point. Il semblait prostré et des larmes coulaient sur ses joues. « *Comment faire pour prendre le moins de risques possible* ? », se demanda l'étudiant, brutalement inquiet. Il ne possédait pas la réponse et il résolut de faire tout simplement de son mieux.

— Bonjour, comment te prénommes-tu ? Tu pleures… est-ce que tu souffres ?

— Je m'appelle Pierre. Non, je n'ai pas mal, mais j'ai si peur ! C'est la polio n'est-ce pas ? Ma mère m'a dit qu'on pouvait en mourir.

— N'aie aucun souci, Pierre, nous allons te guérir.

Gabriel ausculta le garçon. Il paraissait fiévreux et vomissait sans cesse. Comment être sûr du diagnostic, ces symptômes étant ceux de nombreuses maladies ? Il semblait dubitatif lorsque Marie-Thérèse s'approcha. Elle regarda l'enfant pendant quelques instants, l'examina avec soin puis murmura à Gabriel :

— Aucun doute, polio.

— Que faut-il envisager ? répondit-il.

— Rien pour le moment, juste surveiller l'évolution de son état. Je t'expliquerai plus tard.

— Allons Pierre, nous te gardons quelques jours avec nous, tout va très bien se passer, déclara-t-elle au jeune garçon, d'un ton encourageant.

Il n'eut pas le temps de réagir qu'elle se trouvait déjà loin, Gabriel sur ses talons.

— J'ai promis à la mère de Nicole de venir lui donner des nouvelles.

L'étudiant n'avait, bien sûr, pas oublié madame Dubois.

— Elle pourra partir demain, elle va beaucoup mieux, tu peux rassurer les parents. Et reviens vite, je t'attends pour la suite.

Gabriel sortit de la salle avec un grand sourire et s'approcha de la mère de Nicole.

— L'état de votre fille s'est stabilisé, elle devrait pouvoir rentrer à la maison prochainement.

— Oh ! merci docteur, je suis tellement soulagée !

Gabriel s'éloigna, le sourire aux lèvres. Il aimait ces moments de grâce plus que tout.

## 22.

Il y avait plusieurs semaines que Gabriel avait rejoint le service d'infectiologie de l'hôpital Maringer et il se sentait épuisé. Il n'avait pas compté ses heures devant l'immensité de la tâche, et la fatigue physique se montrait omniprésente, autant que la lassitude morale. Voir tous ces enfants malades était psychologiquement difficile à supporter. Certains mouraient, d'autres garderaient des séquelles toute leur vie, et cette impuissance face au virus le révoltait beaucoup. Mais ce matin-là, il se sentait particulièrement inquiet pour Marie-Thérèse. Depuis qu'il travaillait à ses côtés, il se sentait chaque jour plus profondément attaché à celle-ci, sans vraiment comprendre la nature des sentiments qu'il éprouvait. Il la trouvait intelligente, brillante, modeste et terriblement belle. Chaque matin, en arrivant dans le service, il ressentait un certain trouble, mêlé d'exaltation, qu'il attribuait à la bonne ambiance qui régnait dans le service et à l'intérêt qu'il portait à son travail et à tout ce qu'il apprenait en cette période d'épidémie. Délibérément, il avait décidé de ne pas se poser de questions d'ordre plus personnel quant à sa relation avec sa supérieure hiérarchique.

La jeune femme avait, depuis plusieurs semaines, choisi de vivre à temps plein au sein du service. Elle s'était installée à demeure dans la chambre de garde, malgré la réprobation générale. Tous lui enjoignaient de prendre soin d'elle-même et de se reposer, mais elle n'en avait cure. Lorsque Gabriel à son tour avait tenté de la raisonner, elle avait immédiatement refusé.

— Non, je ne rentrerai pas chez moi, je resterai ici jusqu'à ce que cette vacherie d'épidémie soit terminée.

— Mais cela peut durer encore des années ! avait répliqué le jeune homme.

— Je ne le pense pas. Nous avons totalisé moins d'entrées cette semaine et le vaccin arrive, certes au compte-gouttes, mais des doses nous parviennent de plus en plus nombreuses. D'ailleurs, tu es vacciné maintenant, je crois ?

— Oui, mais pas toi ! Pourquoi refuses-tu obstinément ?

— Je te l'ai déjà dit Gabriel, je me ferai vacciner lorsque tous les enfants de la ville l'auront été, il est hors de question que je sois immunisée avant les autres.

— Mais tu passes tes jours et tes nuits au chevet des malades et tu risques d'attraper la polio à ton tour.

Gabriel essayait d'argumenter. Elle était le seul médecin du service qui n'avait pas accepté d'être protégée.

— Ne t'inquiète pas pour moi, je me sens solide. Si j'avais dû être contaminée, je l'aurais été depuis longtemps. Et puis, ne me crois pas inconsciente, je fais très attention, ajouta la jeune femme. Allons, viens avec moi, j'ai besoin de toi pour des soins.

Ils franchirent la lourde porte de la salle commune sans un mot. Il admirait beaucoup sa collègue pour son courage et son abnégation. La ténacité de Marie-Thérèse lui donnait envie aussi de se dépasser, et ces dernières semaines l'avaient fait douter de sa vocation de psychiatre. Il était passé à de nombreuses reprises dans le service de biologie médicale, où plusieurs scientifiques de renom étudiaient ce virus et tant d'autres, et il avait trouvé cela fascinant. Alors qu'il était perdu dans ses réflexions, Gabriel entendit un bruit sourd derrière lui et se retourna vivement. Marie-Thérèse venait de s'effondrer au pied d'un lit et gisait par terre sans connaissance. Gabriel se précipita vers elle. Il prit son pouls et constata qu'il était filant. Blanche comme un linge, la jeune femme avait ouvert les yeux et tentait de se relever.

— Surtout, tu ne bouges pas, ordonna-t-il d'une voix ferme.

— Ce n'est rien, murmura-t-elle, ne vous inquiétez pas, je n'ai sûrement pas assez déjeuné ce matin.

Une infirmière venait d'arriver avec un sucre imbibé d'alcool de menthe. Après l'avoir sucé lentement, Marie-Thérèse se redressa avec un pâle sourire.

— Poursuivons la visite, je vais bien.

— Il n'en est pas question, répliqua Gabriel, je t'accompagne à ton lit, nous ferons la tournée sans toi.

Marie-Thérèse ne protesta pas et se laissa amener jusqu'à la chambre de garde. Lorsqu'il se fut assuré qu'elle se sentait mieux et prendrait le repos nécessaire, il redescendit quatre à quatre et frappa au bureau du chef de service dont la porte était, comme d'habitude, fermée. Le prestigieux médecin n'avait manifestement pas envie de se confronter à cet inquiétant virus, et sortait le moins possible de son antre. Il parut contrarié en voyant Gabriel.

— Entrez, Wagner, que voulez-vous donc ?

— Monsieur, je souhaitais vous informer que Marie-Thérèse vient de s'évanouir. Son état me préoccupe depuis quelques semaines, je la trouve excessivement pâle et épuisée et…

— Que puis-je y faire ? Il y a beaucoup de travail en ce moment, et nous sommes tous fatigués, répondit-il d'un ton excédé.

— Cette fatigue me semble anormale, insista l'étudiant.

— Je ne le pense pas, Gabriel, mais je demanderai qu'on passe lui faire quelques analyses.

— Merci Monsieur.

Gabriel tourna les talons sans ajouter un mot. Il n'aimait pas cet homme qui se reposait sur ses prérogatives et malmenait ses équipes au quotidien. Il s'était juré de ne jamais devenir ce genre de médecin, imbu de lui-même et incapable de remettre en cause ses certitudes. Il admirait tellement plus son père, d'un dévouement sans limite auprès des riches comme des plus modestes, et qui soignait avec les maigres moyens dont il disposait. Jules s'était également retrouvé en première ligne face à l'épidémie de poliomyélite et risquait sa vie au quotidien, tout comme Marie-Thérèse. « *Il ne leur arrivera rien* », songea-t-il, envahi par une bouffée d'angoisse.

La journée se montra éreintante. Même si l'afflux de malades semblait un peu diminuer, l'absence de Marie-Thérèse et de son efficacité habituelle se faisait cruellement ressentir. À sept heures du soir, il monta jusqu'à la chambre de son amie et frappa à la porte.

— Entrez, murmura la jeune femme. Ah ! c'est toi Gabriel. Tu n'aurais pas dû te déranger.

— Je voulais m'assurer que tu allais mieux.

— Je me sens encore un brin fatigué, mais demain, je serai sur pieds. La journée n'a-t-elle pas été trop difficile pour toi ? s'inquiéta Marie-Thérèse.

— Nous n'avons pas chômé bien sûr, tu t'en doutes, mais l'ensemble des patients paraissent stabilisés… J'espère que nous voyons le bout, répondit Gabriel en s'approchant. En la découvrant si pâle, il toucha son front.

— Je te trouve brûlante : tu as de la fièvre.

— Je l'ai remarqué, en effet, et j'ai pris de l'aspirine.

— L'infirmière est-elle passée pour ta prise de sang ?

— Oui, nous ne devrions pas tarder à recevoir les résultats. Je pense que tu t'inquiètes inutilement Gabriel, mais ne reste tout de même pas si près de moi, on ne sait jamais.

Gabriel se leva.

— Je file au labo, vérifier si les bilans demandés sont terminés. Je reviens te voir dès que je les ai.

— Tu ferais mieux de rentrer chez toi, tu as l'air bien fatigué aussi.

— Je ne traînerai pas, ne te soucie pas de moi.

Le jeune homme souriait pour masquer son anxiété. Il tourna les talons et redescendit l'immense escalier de pierre qui menait au laboratoire. À peine en eut-il franchi la porte qu'il réalisa que la situation était sérieuse. Le chef de service sc trouvait là, la mine défaite.

— Ah ! Wagner ! Entrez mon garçon, nous n'avons pas de bonnes nouvelles…

— Il s'agit de Marie-Thérèse ?

— En effet. Les résultats viennent de tomber. Elle a bien été contaminée par la polio.

Gabriel vacilla sous le choc. Pas elle ! Ce n'était pas possible !

— Non ! Vous en êtes sûrs ?

— Hélas, oui. Espérons qu'elle s'en remettra vite. Nous allons l'installer en bas avec les autres malades pour la surveiller au mieux. Je vais aller la voir et lui annoncer la mauvaise nouvelle, ajouta le chef de service.

— S'il vous plaît, permettez-moi d'y aller. Marie-Thérèse est mon amie, c'est à moi de lui dire.

— D'accord. Je vous avoue que je me passerai bien volontiers de cette triste mission. En revanche, habillez-vous en conséquence et mettez votre masque, vous ne devez prendre aucun risque.

Gabriel ne répondit rien et sortit lentement du labo. Il résolut de ne pas aller chercher sa surblouse, mais ajusta son masque. De toute façon, si elle le voyait entrer avec ce simple accessoire, elle comprendrait tout de suite. Arrivé devant la porte, il marqua un temps d'arrêt. Dieu que ce métier se montrait difficile et la maladie injuste ! Il posa la main sur la poignée avec lenteur et pénétra dans la pièce sombre.

## 23.

Assis sur un banc devant l'hôpital, Gabriel fumait une cigarette dans la nuit noire. De loin, l'étudiant semblait paisible, mais en s'approchant, on pouvait voir les larmes qui coulaient sans cesse sur ses deux joues. Il ne parvenait pas à se résoudre à rentrer chez lui, tellement le chagrin l'habitait. Bien sûr, en tant que futur médecin, il n'ignorait pas que le risque d'attraper virus ou bactéries auprès des malades existait, mais que la poliomyélite frappe Marie-Thérèse lui paraissait terriblement injuste. Cette jeune femme, son amie, avait tout sacrifié à son métier. Elle avait quitté son fiancé et renoncé à toute vie sociale pour se consacrer à ses chers patients, et allait peut-être finir handicapée à vie par cette saloperie de virus. En tout cas, il ne l'abandonnerait pas et se battrait pour la guérir. Tout à son chagrin, Gabriel réalisa brutalement à quel point elle était devenue importante dans sa vie. L'aimait-il ? Il l'ignorait, il ne connaissait de toute façon rien à l'amour, n'ayant connu que la froide indifférence du couple que formaient ses parents avant leur divorce. Comment savait-on qu'on aimait quelqu'un ? Comment distinguer l'amitié ou l'admiration de l'amour ? De toute façon, même s'il l'aimait, il ne serait jamais assez bien pour elle : trop jeune, trop quelconque, pas assez intelligent. « *Je l'aime*, songea-t-il, *je l'aime mais je ne sais pas s'il s'agit d'amour ou d'amitié. Peu importe : je vais me battre pour qu'elle guérisse et nous verrons ensuite* ».

Après de longues minutes sur le banc, il se leva lentement pour rentrer chez lui. Il devait rejoindre son service dès six heures le lendemain matin, il devait donc absolument prendre un peu de repos. Alors qu'il se dirigeait vers son vélo, il entendit une voix le héler et en se retournant il aperçut François.

— Gabriel, quelle joie de te voir ! Cela fait une éternité ! Nous ne nous croisons même plus à l'hôpital. J'ai commencé mon stage en obstétrique et je travaille souvent la nuit.

— Salut François, répondit tristement Gabriel.

— Oh, mais tu ne me sembles pas en grande forme ! Que t'arrive-t-il donc ?

— Une de mes collègues vient de choper la polio.

— Mince, la pauvre… comment va-t-elle ?

— Très fatiguée, rien de plus pour le moment.

— Ne t'inquiète pas trop, la maladie se montre parfois bénigne, surtout chez les adultes. Elle va s'en remettre, ajouta François d'un ton qui se voulait réconfortant.

— Oui, j'y crois fermement.

— Je dois y aller, ma garde commence dans cinq minutes, déclara François en regardant sa montre. Je suis de repos demain, je viendrai te voir. Peut-être même que nous pouvons déjeuner ensemble en ville ? Je trouve la cantine de l'hosto si infecte… cela nous changera.

— D'accord répondit simplement Gabriel. Je travaille de nuit pour ma part. Rendez-vous place Stanislas à midi trente ?

— Parfait, à demain, Gab.

François s'éloigna en sifflotant. « *Il est indestructible* », songea Gabriel en l'observant. D'avoir croisé son meilleur ami lui avait remis un peu de baume au cœur. Il enfourcha son vélo et fila dans la nuit vers sa maison, qui se trouvait à quelques centaines de mètres.

Lorsqu'il arriva, il aperçut son père en train de feuilleter le journal, un verre de whisky à la main.

— Bonsoir Papa. Marie n'est pas rentrée ? s'étonna Gabriel.

— Elle est partie rendre visite à sa cousine Arlette, répondit Jules tout en poursuivant sa lecture.

— Encore ! Cela ne te surprend pas ?

Jules leva les yeux de son article et sourit à son fils.

— Elle s'ennuie à la maison. Tu t'imagines ainsi passer tes journées à faire le ménage ou les courses ? Moi pas. Elle ne se plaint pas, mais je pense que cela lui pèse beaucoup. Alors si cela la rend heureuse d'aller visiter sa famille à Paris ou à Metz, cela ne me dérange pas.

— D'accord, répondit Gabriel sans insister.

— Comment s'est déroulée ta garde, mon garçon ? demanda Jules.

— Fatigante. Nous sommes débordés, pas assez nombreux. L'épidémie semble se calmer, mais nous prenons encore en charge beaucoup de malades dans le service. Nous essayons différentes techniques pour les soigner, mais cela ne fonctionne pas toujours, nous vivons des échecs cuisants et je trouve cela décourageant.

— Tu vas vite comprendre que la médecine n'est pas une

science exacte, Gabriel. Nous testons, nous expérimentons, nous en discutons collégialement. Parfois, nous guérissons nos patients et à d'autres moments, nous n'y parvenons pas. Tu dois te montrer humble devant la maladie, et faire de ton mieux, tout le temps. Tu n'es pas un magicien, juste un docteur, ne l'oublies jamais.

— À certains moments, j'aimerais pourtant l'être ! Je me suis senti particulièrement découragé aujourd'hui, car j'ai appris que Marie-Thérèse avait été contaminée par la polio.

— Mon Dieu, la pauvre femme ! Elle n'était donc pas vaccinée ?

— Elle n'a pas voulu. Elle répétait sans cesse qu'elle le ferait quand tous les enfants de la ville auraient reçu une dose.

— J'espère qu'elle se remettra vite. Ne t'inquiète pas trop, elle se trouve au meilleur endroit possible pour guérir.

Jules avait bien sûr entendu parler de la jeune interne qui s'était tant battue pour avoir sa place parmi les hommes, et qu'on disait brillante et extrêmement dévouée. Et il connaissait l'attachement de son fils à celle-ci. « *Pourvu qu'elle se rétablisse* », songea-t-il. Dans sa pratique quotidienne, il avait soigné de nombreux cas graves de poliomyélite et n'ignorait pas que cette maladie faisait des ravages.

— Tu ne travailles pas demain, il me semble ? reprit le père de Gabriel. Marie ne rentre que le soir, nous irons manger au bistrot du coin si tu veux.

— C'est très gentil Papa, mais j'ai rendez-vous avec François pour déjeuner. Il y a une éternité que nous ne nous sommes pas vus. Nous n'avons jamais les mêmes stages et il passe beaucoup de temps avec Jacqueline.

— Et cela paraît bien normal, répondit Jules. Je la trouve charmante cette petite, d'ailleurs. Et toi ? Tu n'as toujours rencontré personne ? Il y a tellement d'infirmières qui ne rêvent que de se faire épouser.

— Je ne me marierai pas avec une infirmière, répliqua Gabriel avec agacement. Et puis, arrête avec cela. Tu me dis assez souvent de me concentrer sur mes études !

Son père n'insista pas, car il savait le terrain miné. Gabriel avait été bien obligé d'accepter l'histoire d'amour de son camarade et il se sentait un peu jaloux. Il voyait moins François et constatait que ce dernier avait changé. Petit à petit, leurs chemins divergeaient. Il songeait fréquemment que le jour où lui aussi aurait une petite amie, ce serait plus simple, mais aucune fille n'avait trouvé grâce à ses yeux. Les rares demoiselles qui lui plaisaient l'avaient snobé, ce qui l'avait mis en colère et fait douter de lui-même. Au fond de lui, il attendait la bonne personne.

Il dormit tard, le lendemain matin, épuisé par ces derniers jours, et par l'émotion qui l'avait gagné à l'annonce de la maladie de sa collègue. Il pesta en regardant l'heure. Il aurait voulu passer à l'hôpital, prendre des nouvelles, avant de rejoindre François, mais il n'en aurait pas le temps. Il était pratiquement midi trente lorsqu'il claqua la porte et sauta sur son vélo. Il afficherait un bon quart d'heure de retard, mais son ami y était habitué.

Il était écarlate quand il parvint enfin place Stanislas. Il manqua de se faire renverser en traversant la route et leva le poing en direction du conducteur. Il réussit à se calmer et semblait presque décontracté lorsqu'il s'approcha près de François.

— Tu me désespères, mon vieux. Il t'est vraiment impossible d'arriver à l'heure ?

— Désolé, murmura Gabriel, j'ai passé une mauvaise nuit, et je viens de me réveiller.

Les deux étudiants se dirigèrent vers la rue Stanislas où se trouvaient plusieurs restaurants. Après avoir vu les prix, ils résolurent de remonter vers la gare où ils dénicheraient sans doute une table plus modeste. Ils optèrent pour une taverne alsacienne place Maginot où tous deux commandèrent une flammenkuche. Ils avaient beaucoup à se raconter, comme toujours, et Gabriel se montra ravi de ce moment avec son ami. Au moment de se séparer, François prit une large respiration avant de dévoiler la grande nouvelle qui occupait son esprit.

— J'ai quelque chose d'important à t'annoncer mon vieux. Jacqueline et moi avons décidé de nous fiancer.

— Ah, répondit Gabriel, un peu sonné. Quelle bonne idée ! ajouta-t-il, avec une fausse bonhomie. Et à quand la noce ?

— Pas tout de suite. Son père ne veut pas que je l'épouse avant ma thèse. Je ne sais pas s'il craint que j'abandonne ma médecine et que je ne me montre plus assez bien pour sa fille bien-aimée, lança-t-il avec un clin d'œil malicieux.

— Parfait, il me reste donc plusieurs années pour trouver ma cavalière. En tout cas, toutes mes félicitations, mon vieux, Jacqueline est une chouette fille, vous serez très heureux tous les deux.

Les deux amis se congratulèrent un bon moment et se séparèrent enfin. Gabriel ne devait prendre sa garde qu'à vingt-et-une heures, mais il ne put s'empêcher de se diriger vers l'hôpital, toujours inquiet pour Marie-Thérèse.

# 24.

À peine eut-il franchi les portes du service que Gabriel comprit qu'il se passait quelque chose de grave. La tension était palpable dans les couloirs, les infirmières affichaient toutes une mine défaite et se poussèrent du coude en l'apercevant. Le jeune homme s'avança vers le bureau des médecins, où il remarqua immédiatement le chef de service dont la présence était plus qu'inhabituelle. En voyant sa tête, il saisit tout de suite.

— C'est Marie-Thérèse n'est-ce pas ?

— Oui Gabriel. Son état s'est aggravé subitement cette nuit. Elle a dépassé les 41 de fièvre. Je ne vous cache pas que je suis pessimiste. Ses parents se trouvent auprès d'elle.

— J'y vais, lança-t-il en tournant les talons.

— Attendez, ne prenez pas de risque inutile, répondit son patron.

— Je suis vacciné. Et de toute façon, il s'agit de mon amie, celle qui m'a tout appris ici, je dois rester auprès d'elle quoi qu'il arrive. Êtes-vous sûrs que nous ne puissions rien tenter ?

— Nous essayons de faire baisser la fièvre, mais vous savez comme moi que nous n'avons pas beaucoup de solutions pour faire face à ce type d'aggravation.

Gabriel avait déjà tourné les talons. Il n'ignorait pas que la maladie se montrait fréquemment injuste, frappant à l'aveugle ceux qui le méritaient le moins. Mais malgré toutes ces années passées à l'hôpital et aux côtés de son père, il ne pouvait s'y résoudre. Et même si Jules lui avait souvent répété qu'il fallait faire preuve d'humilité, le jeune homme de vingt-trois ans, pétri d'idéaux et de révoltes salutaires, se ressassait en permanence qu'un jour la science permettrait de guérir toutes les affections. Les antibiotiques avaient fait leur apparition pendant la guerre et avaient révolutionné le traitement de nombreuses infections. Les progrès de la vaccination permettaient aussi de sauver bien des vies. Et bientôt, il n'en doutait pas, il y aurait des thérapeutiques contre le cancer ou l'infarctus.

L'étudiant était arrivé à la porte de la chambre de Marie-Thérèse et il se mit à trembler. Il savait garder son sang-froid devant les situations les plus critiques, mais là, il s'agissait, pour la première fois, de quelqu'un qu'il aimait et ce n'était plus pareil. Il frappa discrètement et entra. Malgré la pénombre, il aperçut immédiatement un couple âgé, les yeux rougis par le chagrin. La mère de la jeune interne parvint toutefois à esquisser un sourire.

— Vous êtes Gabriel n'est-ce pas ? Cette nuit, alors qu'elle délirait, notre fille n'a pas cessé de vous appeler. J'ai demandé au chef de service de vous prévenir, mais il m'a répondu que vous ne seriez à l'hôpital que ce soir.

— Je voulais prendre de ses nouvelles.

— Comme c'est gentil de votre part.

Le père venait d'intervenir d'une voix chevrotante. Le vieil homme semblait effondré et sa douleur était palpable. Il savait que son enfant s'apprêtait à partir et il trouvait cela inacceptable. Gabriel s'approcha du lit. Il constata tout de suite que la situation était grave. Marie-Thérèse était brûlante et dans un semi-coma. Il l'ausculta puis posa sa main doucement sur le bras de celle-ci.

— Courage, ma belle, je reste avec toi.

Il lui sembla que la jeune médecin esquissait un sourire. Il serra ses doigts et se tourna vers les parents de Marie-Thérèse.

— Je ne la quitte pas. Rentrez chez vous vous reposer un peu, vous en avez besoin.

— Mais, nous voulons…

— Elle vous attendra, n'en doutez pas, l'interrompit Gabriel.

Monsieur et madame Wauthier s'éclipsèrent, non sans l'avoir remercié. Ils savaient leur fille entre de bonnes mains. Dès qu'ils furent sortis, Gabriel prit la chaise et s'assit tout près du visage de la jeune femme. Le bruit du respirateur permettait de matérialiser le passage du temps, qui s'écoula avec lenteur pendant de longues heures. Gabriel ne pensait pas, il était là seulement, en communion complète avec son amie, que la vie abandonnait peu à peu. Il fut tiré de sa torpeur par le grincement de la porte. Le chef de service fit son apparition avec les parents de Marie-Thérèse. Une compassion inhabituelle se voyait sur son visage. Mais qui aurait pu rester insensible à l'agonie de cette jolie femme de vingt-huit ans qui avait tout donné à son métier ?

— Gabriel, il est temps de prendre votre garde.

— N'y a-t-il personne qui puisse me remplacer ? répondit le jeune homme. Il sentait confusément que les heures de son amie étaient comptées et ne voulait pas la quitter.

– Non, personne. Vous vous devez aussi à vos autres patients, ne l'oubliez pas. Vous êtes médecin avant tout, avant même l'amitié qui vous lie à Marie-Thérèse. Mais je vous promets que je vous ferai appeler si son état se dégrade.

Le chef de service avait, sans conteste, changé. Il avait parlé avec le ton doux et apaisant d'un père. Gabriel eut subitement envie que Jules se trouve à ses côtés pour faire face à cette épreuve. Mais il savait que ce dernier se devait à ses propres malades. Il devrait affronter la mort inéluctable de la jeune femme seul, en adulte responsable. Il s'éloigna lentement et entra dans la salle commune où tous les soignants l'attendaient.

— Comment va-t-elle ? Peut-on aller la voir ?

Les questions fusaient de toutes parts.

— Mal, murmura Gabriel. Je pense qu'à part un miracle, rien ne pourrait la sauver et je ne crois pas trop à ce genre de conneries.

Il sentait les larmes monter dans ses yeux, mais se ressaisit. Travailler pour ne pas réfléchir lui paraissait la meilleure stratégie.

— Comment va le petit Pierre ce soir ? ajouta-t-il pour signifier que la vie continuait.

— Beaucoup mieux, répondit une infirmière. Il a mangé à midi, il reprend des forces et il ne semble montrer aucune séquelle, d'après le médecin-chef.

Cela mit un peu de baume au cœur de Gabriel qui se lava soigneusement les mains et se dirigea vers le fond de la pièce. À peine fut-il assis au bord du lit de l'enfant qu'il aperçut le chef de service entrant d'un pas précipité. En voyant son visage décomposé, il comprit immédiatement que c'était la fin. Après avoir caressé la joue de Pierre, il fila vers l'escalier. Aucun mot n'avait été prononcé.

Lorsque les deux médecins pénétrèrent dans la chambre de Marie-Thérèse, ils comprirent tout de suite qu'ils arrivaient trop tard. Les parents de la jeune femme semblaient bouleversés, mais dignes. Gabriel prit madame Wauthier dans ses bras et la serra contre lui longuement.

— Je me sens si fière de ma fille, murmura-t-elle.

— Vous pouvez, répondit l'étudiant, très ému.

Il s'approcha du lit et s'assit, les yeux pleins de larmes. Il contemplait son amie sans un mot, ne parvenant pas à croire à une telle injustice. Comment la mort pouvait-elle frapper ainsi une jeune femme si brillante, si belle, si généreuse ? Pourrait-il s'habituer un jour à vivre de pareils moments ? Un instant, il eut envie de renoncer à ce métier si ingrat. Puis l'image fugace du petit Pierre l'effleura. Le garçonnet allait bientôt pouvoir retrouver ses parents, grâce aux bons soins qui lui avaient été prodigués. « *Tu n'es pas un magicien* ». Les paroles de son père lui revinrent soudain en mémoire. Il se leva et se tourna vers les parents de Marie-Thérèse.

— Je n'oublierai jamais votre fille et j'essaierai de me montrer digne d'elle, tout au long de ma carrière.

Monsieur Wauthier serra longuement sa main entre les siennes. Puis Gabriel s'éclipsa, afin de laisser ces parents éplorés commencer leur deuil. Il ne put se résoudre à rejoindre immédiatement son service et sortit devant l'hôpital pour fumer une cigarette. La nuit était tombée depuis longtemps. Le ciel paraissait lumineux, et pas un nuage ne venait l'obscurcir, si bien qu'une multitude d'étoiles scintillaient. Sa Gauloise brune vissée au bec, il regardait cette immensité avec le cœur gros.

Il fixa son regard sur l'un des astres qui lui semblait briller plus fort que les autres. « *Je sais désormais que tu seras derrière chacun de mes pas* », songea-t-il, dans une infinie tristesse.

Il écrasa sa cigarette d'un geste rageur, essuya ses larmes et franchit la lourde porte pour retourner auprès de ceux qui avaient tant besoin de lui.

# 25.

**Nancy, janvier 1961**

— Grouille-toi, François, je ne peux tout de même pas me pointer en retard le jour de mon mariage !

— Parce que c'est ma faute ? Mon vieux, tu exagères, répondit François d'un ton amusé.

Gabriel haussa les épaules tout en essayant d'ajuster son nœud papillon.

— Pourquoi Hélène a-t-elle décidé de m'affubler d'un tel instrument de torture ? J'aurais pu me contenter d'une cravate, comme tout le monde, grommela-t-il, agacé.

— Tu en mets une tous les matins ! Il s'agit quand même d'un jour exceptionnel. Hélène a eu raison. D'ailleurs, souviens-toi, moi aussi, je portais un nœud pap lors de mon mariage avec Jacqueline !

— Oh toi, même avec un sac, tu paraîtrais élégant ! soupira son ami. J'ai vraiment l'impression de ressembler à un pingouin.

— Tu es parfait Gab, affirma François en consultant sa montre. Cette fois, nous devons partir si tu veux arriver à l'heure à l'église.

— Tu crois que ma mère va venir ?

Le visage de Gabriel s'était brusquement assombri. François fit un geste réconfortant et tenta une réponse ;

— Honnêtement, je n'en sais rien. Elle n'a pas réagi à ton faire-part, mais peut-être va-t-elle se décider au dernier moment ? En tout cas, essaie de ne pas trop y penser, afin de ne pas être trop déçu si elle ne vient pas. Voilà presque dix ans qu'elle ne t'a pas donné de nouvelles, je n'imagine pas que l'annonce de ton mariage l'ait ramenée à de meilleurs sentiments.

— Tu as raison, je suis un idiot d'espérer ainsi. Mais Hélène a tant insisté pour lui envoyer un faire-part, que j'ai songé qu'elle allait prendre cela comme un geste d'apaisement.

— Ta fiancée a fait preuve de bon sens, mais seule ta mère détient le pouvoir de la réconciliation que tu souhaites. Ne te montre pas triste et profite de cette magnifique journée. Tous tes amis seront là, ton père et Marie également, ainsi que la famille d'Hélène.

Gabriel ne répondit pas et, après un dernier coup d'œil au miroir, attrapa son veston et sortit de la maison, son camarade sur les talons. Il avait rencontré Hélène deux ans auparavant chez des amis parisiens, alors qu'il désespérerait de son célibat et s'était imaginé ne jamais tomber amoureux. Le mariage de François s'était d'ailleurs avéré traumatisant, tellement celui-ci respirait le bonheur. Toute la jeunesse dorée de Nancy s'était pressée à cette belle cérémonie, et les couples paraissaient plus harmonieux les uns que les autres.

Jacqueline avait dégoté dans l'urgence une cavalière pour Gabriel, une grande fille maigre et insipide, et la journée avait été un calvaire, sans que personne ne s'en aperçût. Le bonheur d'autrui se montre parfois bien cruel.

Et deux mois plus tard, la rencontre avec Hélène avait changé sa vie. Le coup de foudre avait été immédiat avec cette jeune fille issue de la bourgeoisie parisienne et qui achevait de brillantes études en Sciences Politiques. Elle s'imaginait haut fonctionnaire ou collaboratrice de ministre et préparait le concours de l'ENA avec beaucoup d'enthousiasme. Gabriel buvait ses paroles, subjugué par tant d'intelligence, lui qui n'avait presque jamais quitté sa Lorraine natale. Après quelques mois d'une cour assidue, il lui avait demandé sa main, terrorisé à la pensée qu'elle refuse de venir s'enterrer en province. Mais elle avait accepté, et Gabriel avait alors découvert un bonheur qui lui faisait cruellement défaut depuis bien longtemps. Contre toute attente, il avait abandonné l'idée de choisir la psychiatrie, arguant que cette spécialité lui semblait conduire, un jour ou l'autre, à la folie, à force d'y être confrontée. Son père avait haussé les épaules, mais s'était réjoui secrètement. Pour lui, sans qu'il n'osât l'avouer, un psychiatre n'était pas un vrai médecin. Jules s'était alors délecté d'imaginer son fils travaillant à ses côtés. Mais à sa grande déception, le jeune homme avait résolu de devenir médecin-biologiste.

Gabriel gardait en effet bien présent le traumatisme de la mort de son amie Marie-Thérèse et avait, à cette occasion, découvert le laboratoire qui étudiait virus et bactéries. Il s'était montré passionné par ces travaux et avait décidé que ce serait sa voie. Hélène l'avait encouragé dans cette idée, car elle s'enthousiasmait elle aussi pour la science. Et c'est un peu embarrassé qu'il avait dû aller expliquer au professeur de neuropsychiatrie qui l'avait pris sous son aile, qu'il avait changé d'avis. Dans trois ans, il passerait sa thèse et ouvrirait un laboratoire d'analyses médicales à Nancy.

Un coup de klaxon le tira brusquement de ses pensées. La voiture de François venait de se garer devant l'église de Meudon et Gabriel se sentit intimidé par la foule qui s'y pressait. Il n'aimait pas du tout se trouver au centre de l'attention, et il eut soudain conscience qu'aujourd'hui, ce serait difficile de se montrer invisible. « *Vivement qu'Hélène arrive* », songea-t-il, inquiet à l'idée de faire face, seul, à tous ces gens.

— Allez mon vieux Gab, courage, lança François avec gaieté. Je suis passé par là, je sais que ce n'est pas évident, mais tu verras, tout ira bien.

— Je te jure, j'aurais préféré rester tranquille chez moi, marmonna son ami.

Mais ce n'était bien sûr pas vrai. Il se sentait tellement heureux à l'idée d'épouser Hélène. Leur petit appartement les attendait à Nancy, un cocon de douceur préparé par la mère d'Hélène avec beaucoup de soin. Pour le jeune homme, tout apparaissait comme un rêve éveillé, il ne parvenait pas à croire qu'il avait enfin droit à tant de bonheur. Il sortit de la voiture avec un brin de timidité, qui disparut rapidement lorsque ses beaux-parents arrivèrent.

— Bonjour Gabriel, dit son beau-père en lui tendant une main ferme, mais franche. Comment allez-vous ? On parle du plus beau jour de nos vies, mais la pression se montre très intense, je m'en souviens parfaitement.

— Bonjour Monsieur.

— Maintenant, vous m'appellerez Philippe, déclara le père d'Hélène avec un sourire bienveillant.

— D'accord, Philippe, répondit Gabriel. Je me sens très bien, je vous remercie. J'espère juste ne pas commettre de faux pas.

— Quand bien même, ce ne serait pas si important.

Philippe était un homme d'un âge avancé. Veuf, il avait épousé sur le tard la mère de la jeune femme, qui était fille unique de ces secondes noces. Hélène était donc la prunelle de ses yeux et, même s'il avait adopté sans hésitation le fiancé de celle-ci, il se montrait d'une vigilance de tous les instants. Gabriel, qui s'était élevé tout seul telle une plante sauvage, avait parfois du mal à comprendre ce cocon familial, mais en fin de compte, il trouvait cela plutôt agréable.

— Voilà Hélène, lança François, qui n'avait pas quitté son ami.

La superbe Mercedes noire où avait pris place la future mariée venait d'arriver devant le perron et Gabriel ne cachait plus son émotion. Il avait hâte de découvrir sa fiancée dans sa robe blanche. Il avait tant rêvé de ce moment ! Lorsqu'elle descendit de la voiture, aidée par ses demoiselles d'honneur, il sentit les larmes monter à ses yeux. Qu'il la trouvait belle ! Son voile recouvrait entièrement son visage, mais il réussit néanmoins à apercevoir son sourire. Elle ressemblait à une princesse de conte de fées avec sa robe de soie sauvage, rehaussée de magnifiques broderies.

Le cortège se mit en place devant l'entrée de l'église. C'était le moment que Gabriel redoutait le plus. La présence de sa mère paraissant fort improbable, il avait dû réfléchir à qui se trouverait à ses côtés pour avancer vers l'autel. Il avait évoqué l'idée de marcher seul, mais son père et Hélène avaient poussé de hauts cris. Il s'était donc résolu, sans enthousiasme, à accepter sa tante Marguerite, la sœur de Jules. Il jeta un œil rapide à l'intérieur de l'église, espérant y voir

Henriette, sa sœur Anne et ses frères. Malheureusement, ni les uns ni les autres ne semblaient s'être déplacés. Le jeune homme avait secrètement attendu jusqu'au dernier moment, mais devait se rendre à l'évidence : Henriette n'apparaissait toujours pas prête à une réconciliation.

Lorsque la musique résonna dans l'édifice, il s'avança avec l'allure la plus digne possible, au bras de Marguerite. Il sentait l'instant solennel et y accordait toute l'importance nécessaire. Tandis qu'il progressait à pas lents, il prenait conscience qu'une nouvelle vie s'annonçait pour lui. Il était désormais un adulte. Il serait sans doute bientôt père de famille, et aurait à son tour le pouvoir de rendre ses enfants heureux ou malheureux. Il trouva cette pensée angoissante. « *Ils pétilleront de bonheur. Avec une mère comme Hélène, comment pourrait-il en être autrement* ? » songea-t-il en s'asseyant. C'est à cet instant que sa fiancée fit son entrée au bras de Philippe, souriante, émouvante, belle tout simplement. Et Gabriel comprit que cette rencontre avait été la chance de sa vie.

# 26.

Gabriel se sentait toujours aussi heureux. Trois mois s'étaient écoulés depuis qu'il avait épousé Hélène. Tous deux nageaient dans le bonheur, plus encore que le futur médecin l'avait imaginé. Son internat au laboratoire de bactériologie de l'hôpital s'avérait passionnant, et il n'avait pas regretté une seconde d'avoir changé de voie. L'ambiance s'y montrait excellente, l'environnement stimulant, grâce à un chef de service brillant que Gabriel appréciait beaucoup. Et, lorsqu'il quittait les lieux chaque soir, il savait qu'il allait retrouver Hélène dans un cocon plus chaleureux que tout ce qu'il avait connu jusque-là. « *Ai-je droit à tant de bonheur* ? » songeait-il souvent dans ses moments de tourments. Mais cela semblait clair : après plus de dix années sombres, la roue avait tourné et l'avenir s'annonçait radieux.

Hélène s'appliquait du mieux qu'elle pouvait dans son rôle de femme au foyer, mais ce n'était vraiment pas sa tasse de thé. Installée désormais à Nancy, elle avait dû dire adieu à ses ambitions parisiennes, mais elle ne s'imaginait pas rester à attendre son mari tout au long de la journée, comme la plupart de ses amies. Alors, elle avait eu une idée. Pourquoi ne pas seconder Gabriel dans son activité professionnelle ? Elle rêvait déjà à l'ouverture du plus grand laboratoire d'analyses de Nancy, ce qui faisait beaucoup rire le futur médecin.

— Ma chérie, te vois-tu réellement passer ton temps à accueillir des patients et à prendre des rendez-vous ?

— Mais il y aurait tant de tâches à accomplir ! rétorquait-elle. Je pourrais m'occuper de toute la gestion, des salariés, de la communication et même de la décoration.

— La décoration dans un laboratoire !

Gabriel avait pouffé de rire.

— Parfaitement, avait-elle répliqué d'un air offusqué. Les malades doivent venir volontiers et cela en fait partie.

Son mari l'avait laissé dire, mais l'idée de travailler avec Hélène cheminait dans sa tête. Tout d'abord, cela leur permettrait d'être ensemble tout le temps et il en rêvait. Et ensuite, cela le rassurerait, tant il se sentait ignorant de toutes les contingences administratives. Après tout, pourquoi pas ? Ils formeraient un beau duo tous les deux, il n'en doutait pas.

François, pour sa part, avait choisi l'obstétrique. Le premier accouchement auquel il avait assisté avait été une révélation. Le jeune externe avait trouvé ce moment tellement fabuleux qu'il n'avait dès lors plus eu de doute : il mettrait des enfants au monde. Bien sûr, les contraintes s'avéraient énormes, il l'avait très vite compris. Ses nuits et ses dimanches étaient très souvent entrecoupés d'appels téléphoniques, mais peu lui importait. Il faisait son métier avec passion. Chaque nouvel accouchement lui donnait une émotion intense et c'est ce qu'il aimait plus que tout.

Mais une naissance avait surpassé toutes les autres. François était devenu père un mois auparavant, et il ne s'habituait pas à autant de bonheur. Se sentant incapable de mettre au monde son propre enfant, il avait mobilisé tout ce que Nancy comptait de grands pontes de l'obstétrique, afin que tout soit parfait pour le bébé à venir. Au moment dit, François avait amené Jacqueline à la maternité, effrayé comme tout jeune futur père. À cet instant, il n'était plus un médecin spécialisé dans les naissances, mais juste un mari inquiet. Tous lui avaient conseillé d'attendre à l'extérieur de la salle de travail, mais il avait refusé : il demeurerait auprès de sa femme lors de l'arrivée de son premier-né. Celle-ci avait essayé d'insister quand elle l'avait aperçu, aussi blanc que sa blouse, mais François n'avait rien voulu savoir. Le petit Pascal avait pointé le bout de son nez, un matin glacial de février, quelques jours après le mariage de Gabriel. C'était un nourrisson magnifique, en pleine santé et qui avait comblé de joie ses parents.

Gabriel avait été l'un des premiers à aller les féliciter. Le fils de Jules se sentait profondément ému. Une nouvelle page se tournait, son meilleur ami devenait père, et il n'était pas près d'oublier la fierté qu'il avait lue dans les yeux de François ce jour-là.

— Tu as vu comme il est beau, avait-il murmuré en présentant l'enfant à Gabriel.

— Il est superbe.

— Me ressemble-t-il ?

— Oui, beaucoup.

Gabriel trouvait que Pascal ressemblait à tous les nouveau-nés, mais il n'avait pas voulu décevoir son ami.

— Tiens, prends-le un peu, avait ajouté François avant de tendre le bébé à Gabriel.

— Oh, mais je ne saurai jamais, il est si petit !

— Il va falloir t'entraîner mon vieux, car cela finira bien par t'arriver aussi.

— Je ne suis vraiment pas pressé, avait répliqué Gabriel.

C'était la vérité. Hélène voulait des enfants le plus rapidement possible, mais lui désirait ardemment savourer la douceur de cette vie à deux. Le jeune homme n'ayant qu'une confiance limitée dans sa capacité à être un bon époux, il avait donc décidé de se donner le temps de construire des bases solides à leur couple. Il ne lui avait pas échappé que l'implosion du foyer de ses parents était liée aux maternités précoces et rapprochées d'Henriette. Il avait, un jour, interrogé son père à ce sujet. Jules n'avait pas vraiment répondu, mais son sourire dépité n'avait laissé aucun doute à Gabriel. Comment réussir à se montrer un mari irréprochable, le meilleur qui soit ? Cette question le taraudait depuis sa rencontre avec Hélène. Échouer n'était pas, pour lui, une option possible. Il s'était uni pour la vie et avait fait promettre à sa fiancée que jamais, jamais, elle ne le quitterait. Celle-ci avait juré, mais Gabriel savait que tenir cette promesse n'allait pas de soi, et qu'un couple pouvait s'user très vite si chacun ne s'employait pas de toutes ses forces et le cultiver.

Un coup de klaxon fit sursauter le jeune homme qui marchait, perdu dans ses réflexions. Les trois derniers mois s'étaient en effet montrés riches en émotions : son mariage, la naissance du fils de François, les événements heureux se bousculaient et cela l'enthousiasmait. Gabriel se sentait à nouveau optimiste, après toutes les tristes années qu'il avait traversées. Il avait opéré le deuil de l'amour de sa mère, grâce à la présence d'Hélène à ses côtés, et il se pensait désormais invulnérable.

Un soleil pâle éclairait les rues de Nancy. Il aperçut François, attablé à l'intérieur de l'Aca, et lui fit un grand signe de la main avant de s'engouffrer dans le café. L'atmosphère apparaissait irrespirable tellement la fumée envahissait l'espace, mais Gabriel n'y prêta pas attention. Les deux futurs médecins aimaient se retrouver de temps à autre ici, un peu nostalgiques de leurs années estudiantines, durant lesquelles ils rebâtissaient le monde avec ferveur. Une page s'était tournée, ils étaient adultes et avaient désormais chacun un foyer, mais leur belle amitié restait intacte. Le fils de Jules s'assit face à son camarade.

— Salut François ! Tu as vu, je suis à l'heure aujourd'hui.

— Tu progresses, mon petit vieux, répondit ce dernier avec un sourire. J'y perçois l'influence positive d'Hélène…

— Sans aucun doute, tu as raison.

— Je te sens heureux et cela me fait vraiment plaisir.

— Oui, murmura Gabriel, ne boudons pas notre joie, que pourrions-nous demander de plus ? Comment va Pascal ?

— Bien, mais les nuits me semblent courtes ! Même si Jacqueline s'en occupe, mon sommeil s'en trouve un peu perturbé et lorsque je dois me lever pour un accouchement, je t'avoue que parfois j'ai la nostalgie du célibat.

François lui lança un clin d'œil.

— Bien sûr que non, je ne regrette rien, je me sens fier de ma femme et de Pascal, je ne me lasse pas de les admirer l'un et l'autre.

— Je te comprends, répondit Gabriel, soudain envieux de cette paternité. Et à part ça, quoi de neuf ?

— Pas grand-chose. Ah si : je pars demain matin vers la Haute-Marne. Tu sais que le père de Jacqueline y est généraliste et il m'a demandé de le remplacer, afin de pouvoir venir découvrir son petit-fils. Cela ne m'enchante pas trop, mais comment refuser ? Il est grand-père pour la première fois. Je ne m'absenterai pas longtemps, trois ou quatre jours tout au plus.

— Jacqueline va être contente de voir ses parents et de leur présenter le petit.

— Oh, elle semble ravie bien sûr, et très impatiente.

Les deux amis devisèrent encore un bon moment et se saluèrent gaiement en se promettant de se retrouver bientôt, avec Jacqueline et Hélène, pour un dîner entre amis. Gabriel se hâta vers son appartement, pressé de rejoindre sa femme. Il avait été heureux de ce moment privilégié avec François. Il regretta subitement de ne pas le lui avoir dit. « *Papa a raison*, songea-t-il, *il faut toujours savoir dire aux gens qu'on aime qu'on les aime. On ne sait jamais si l'on en aura à nouveau l'occasion* ».

## 27.

Hélène serrait avec force la main de Gabriel et, malgré sa voilette noire, on apercevait ses yeux des larmes couler lentement sur ses joues. La jeune femme paraissait effondrée et avait encore du mal à réaliser le drame qui venait de se produire. Elle observa discrètement son mari et, bien qu'il essayât de le masquer du mieux possible, elle put mesurer toute la souffrance de celui-ci.

Devant eux dans l'église, se tenait Jacqueline, droite comme un i, et d'une dignité qui forçait le respect. Sa silhouette menue, endeuillée, attirait tous les regards de l'assemblée éplorée. Comment cette jeune femme si frêle allait-elle pouvoir surmonter un tel drame ?

Trois jours auparavant, François s'était tué dans un accident de voiture alors qu'il rentrait de chez ses beaux-parents par une froide matinée de mars. Il avait eu le malheur de croiser le chemin d'un vieil alcoolique sur une petite route de campagne. Le choc s'était montré effroyable et ne lui avait laissé aucune chance. Quand un gendarme s'était présenté à la porte de Jacqueline pour lui annoncer la terrible nouvelle, celle-ci s'était évanouie et avait dû être hospitalisée. Ses parents, qui se trouvaient auprès d'elle, avaient veillé sur Pascal, rongés par la culpabilité d'avoir demandé à leur gendre de prendre la route.

Dès qu'ils avaient appris le drame, Gabriel et Hélène avaient foncé au domicile de François. Le médecin se sentait dans une détresse infinie d'avoir ainsi perdu son ami d'enfance, mais il ne se donnait pas l'autorisation d'exhiber son chagrin. Il devait se montrer fort, afin de soutenir la veuve du mieux qu'il pouvait. Lorsqu'ils étaient arrivés, la maison était noire de monde. Tous les curieux du quartier semblaient s'être donné rendez-vous tels des oiseaux de mauvais augure, la jeune femme n'ayant pas eu le courage de fermer sa porte. Quand Gabriel l'avait serrée dans ses bras, elle lui avait murmuré :

— Je t'en conjure, demande à tous ces gens de partir !

Gabriel ne s'était pas fait prier et s'était montré assez expéditif. Il avait vu la réprobation générale sur les visages, mais il s'en moquait.

Et, en ce jour d'obsèques, les fouines étaient de retour. L'église débordait : tout ce que Nancy comptait de sommités médicales était là, François étant un médecin très apprécié. Beaucoup d'amis s'étaient déplacés, parfois de loin, touchés par le drame qui venait de se jouer. Mais de nombreux curieux se pressaient également, ce qui eut le don d'agacer Gabriel.

— N'y prête pas attention, lui murmura Hélène à qui son mari avait fait part de son exaspération, ce n'est pas l'important. Jacqueline est entourée de tous les gens qui aimaient François et c'est bien là l'essentiel.

Le service funéraire traînait en longueur. Monsieur et madame de Morlet, les parents du jeune homme avaient souhaité une messe grandiose, à la hauteur de leur peine. Jacqueline aurait préféré quelque chose de plus sobre, mais elle n'avait pas osé insister. De toute façon, cela restait une modalité secondaire de son deuil. La religion, qu'elle pratiquait de loin, ne lui était d'aucune consolation face au drame qu'elle vivait. Gabriel s'impatientait de voir l'office s'achever, n'étant pas non plus passionné par les tra-la-las cléricaux. Il croyait en Dieu, mais devant de telles tragédies, il doutait de plus en plus de sa bonté supposée infinie. Marie-Thérèse, sa collègue si talentueuse, s'était envolée quatre ans auparavant, à l'âge de vingt-huit ans, le même âge que son ami intime qu'on enterrait aujourd'hui. La peine ne le quittait pas et il se sentait révolté. Pourquoi deux magnifiques âmes, promises à un destin brillant, devaient-elles partir aussi tôt ? Qui pouvait accepter une telle injustice et surtout qui l'avait décidé ainsi ? La mort faisait bien sûr partie de son quotidien, mais elle demeurait pour lui un échec. Il aurait tant aimé qu'elle n'existât pas, avec son cortège de souffrances. « *Tu dois rester humble, tu n'es pas un magicien* », lui répétait sans cesse son père. Jules avait, en définitive, plus de sagesse que lui face à la vie.

Enfin, le curé donna le signal de la fin de la cérémonie. Gabriel fut un des premiers à sortir de la nef. Il avait besoin de se retrouver seul avec sa peine. Il alluma une cigarette sans se rendre compte que la pluie tombait et il tira rageusement dessus. Parviendrait-il un jour à admettre l'inacceptable ? L'église se vidait petit à petit et tous se dirigèrent vers le cimetière jouxtant l'édifice. Jacqueline, soutenue par sa mère, avançait à pas lents. La jeune femme paraissait à bout de forces. Gabriel s'approcha d'elle et lui prit l'autre bras. Il eut l'impression que François lui dictait ce geste. Son ami n'avait pas eu le temps de lui dire, mais il semblait évident qu'il aurait compté sur Gabriel pour veiller sur les siens. Tout en avançant aux côtés de Jacqueline, il se fit le serment de ne jamais oublier son camarade, et de protéger de son mieux sa veuve et le petit Pascal, âgé seulement d'un mois.

L'inhumation s'avéra aussi triste que pouvait l'être celle d'un jeune père de famille de vingt-huit ans. Puis, ce fut, pour les proches de François, l'épreuve des condoléances. Madame de Morlet dut être évacuée du cimetière, victime d'un léger malaise. Gabriel avait alors songé que la perte d'un enfant était sans aucun doute une souffrance plus terrible que tout ce qu'il pouvait imaginer. La foule se dispersa ensuite très vite, Jacqueline ayant décrété que recevoir tous ces gens était au-dessus de ses forces. Elle rentra donc accompagnée de ses parents, et demanda à Gabriel et Hélène de se joindre à eux. À peine arrivés, ils s'assirent tous tristement dans le salon. Pascal, qui se réveillait juste, hurlait de faim, mais sa mère semblait insensible à ses pleurs, comme anesthésiée par le moment éprouvant qu'elle venait de vivre.

— Veux-tu que je lui donne son biberon ? proposa Hélène.

Jacqueline acquiesça sans un mot. Elle n'en avait pas la force. Hélène, qui n'y connaissait rien aux nouveau-nés, s'installa et commença à alimenter le petit, guidée seulement par son instinct. Lorsqu'il fut repu, l'enfant s'abandonna dans ses bras dans un état de détente absolu qui la toucha profondément. « *Qu'il est beau, j'espère que je serai bientôt mère, moi aussi* », songea-t-elle en l'admirant.

Pendant qu'Hélène profitait de ce moment de douceur, Gabriel parlait avec Jacqueline de l'avenir. Ses parents s'étaient retirés, épuisés par tant d'émotion, et elle en avait paru soulagée.

— As-tu réfléchi à la suite ? lui demanda Gabriel.

— Un peu bien sûr, répondit la jeune femme. Papa et Maman m'ont tout de suite proposé de venir habiter ici pour élever Pascal pendant que je terminerai mes études, mais je n'y tiens pas vraiment. J'aurais le sentiment de redevenir une enfant. Je vais vendre la maison et m'installer dans un petit appartement avec mon fils. Je trouverai bien une nourrice qui prendra soin de lui pendant mes cours.

La jeune femme étudiait la pharmacie, mais n'ignorait pas qu'il lui restait encore deux longues années avant d'obtenir son diplôme.

— Tu peux compter sur nous. Tu vois, Hélène s'occupe à merveille de Pascal. Nous t'aiderons autant que possible. Essaie-donc de dénicher un appartement dans notre quartier, ce sera plus simple.

— Merci Gabriel. François avait découvert en toi un ami fidèle et je sais que je peux compter sur vous deux, répondit Jacqueline, touchée.

Ils discutèrent tous les trois jusque tard dans la nuit, la jeune veuve se sentant incapable de dormir, tout comme Gabriel et Hélène. Les Wagner finirent par prendre congé, en promettant de revenir dès le lendemain. À peine couchée, Hélène sombra dans le sommeil, épuisée par l'émotion. Gabriel, en revanche, ne parvenait pas à trouver le repos. Il avait été confronté pour la première fois à une disparition injuste quelques années auparavant, mais la perte de François dépassait tout ce qu'il avait vécu jusqu'alors. Le divorce de ses parents, le reniement de sa mère, tout lui sembla brusquement insignifiant face à la mort de son meilleur ami, son pilier, son âme sœur. Il revit le jeune adolescent de quinze ans qui l'avait abordé à l'entrée du dortoir du lycée Saint-Augustin. Il repensa à tous ces moments où François l'avait consolé, soutenu, défendu avec son sourire si rassurant, qui chassait instantanément toutes les idées noires. Il le revit dans l'amphi, prenant des notes avec application et remotivant sans cesse un Gabriel pétri de doute. Comment allait-il réussir à poursuivre sa vie sans cet ami si fidèle ? Pour la première fois depuis l'annonce du drame, il sentit les larmes couler sur ses joues. Il pleura longtemps, en silence, pour ne pas réveiller sa femme. Lorsqu'il se calma enfin, l'aube approchait. Il regarda Hélène, paisiblement endormie, et se dit que malgré la perte immense qu'il venait de subir, il ne serait plus jamais seul.

# Nom de code : Muraille de Chine

1961-1962

*« Un mur est bien mieux qu'une guerre ».*
*John F. Kennedy*

## 28.

**Berlin août 1961**

— Si tu ne veux pas partir, tant pis, mais moi je ne resterai pas là.

Il y avait près de deux heures que Erna tentait de convaincre Jorge de fuir vers l'Occident avec leur fils et leurs petits-enfants, mais le vieil homme s'entêtait.

— Qu'ils partent s'ils le souhaitent, mais, à plus de soixante ans, crois-tu vraiment que nous puissions quitter le pays qui nous a vus naître ?

— Et pourquoi pas ? Tu n'ignores pas qu'il n'y a plus aucun avenir en RDA. Nous manquons de tout, la vie n'a jamais été si difficile, nous risquons d'être arrêtés sur une simple dénonciation. Tu en sais quelque chose.

Jorge baissa la tête, embarrassé. Ancien membre de la Stasi, il avait été emprisonné cinq ans auparavant dans les geôles de Berlin-Est. La trahison de Karl, son ami, l'avait fait soupçonner d'être, lui aussi, un agent acquis à la cause de l'Ouest. La police politique est-allemande avait très vite su que Karl avait passé son dernier réveillon de Noël chez Erna et Jorge. Ce dernier avait d'abord été convoqué pour s'expliquer et, malgré ses dénégations véhémentes, il avait été arrêté et torturé. Lorsqu'il avait enfin été libéré, c'était un homme brisé. Depuis, il menait avec Erna une existence austère, dans laquelle seule la famille lui procurait un peu de gaieté. Et voilà que son fils unique, Gunther, voulait fuir avec sa femme et ses deux petits !

Erna avait beaucoup pleuré lorsque Gunther lui avait annoncé qu'ils partiraient bientôt tous les quatre, mais elle avait compris leur décision. Les rares fois où elle se rendait en secteur occidental, elle constatait à quel point la vie y semblait plus légère. Les magasins regorgeaient de marchandises, de nombreuses voitures individuelles, françaises ou américaines, se croisaient dans les rues, dans un joyeux raffut. Les Berlinois de l'Ouest portaient en permanence l'enthousiasme sur leurs visages. Que son fils ait envie de mener cette existence lui paraissait bien naturel, mais elle ne pouvait se résoudre à finir ses jours loin de lui et de ses petits-enfants. Aussi, une nuit, elle avait eu cette idée folle : fuir avec eux.

— Alors, pars si tu veux. Moi, je mourrai ici.

Jorge s'entêtait. Erna haussa les épaules, mais sa décision était prise et tant pis pour son mari. Après tout, sa vie conjugale ne s'était guère montrée heureuse. Tous les deux ne se comprenaient plus depuis bien longtemps. Malgré son interminable détention, Jorge demeurait convaincu que le communisme était l'avenir du monde et que le grand frère soviétique les protégerait toujours d'un nouveau conflit. Erna au contraire, en parlant avec son fils, avait réalisé à quel point il s'agissait d'un marché de dupes. Et la mort brutale de

Karl, quelques années auparavant, lui avait fait comprendre que leurs élites ne reculeraient devant rien pour asseoir leurs idées dans la population.

Le plan de Gunther semblait simple. Ils partiraient par le métro. Les frontières étaient devenues étanches partout en RDA, sauf à Berlin. De nombreux Allemands de l'Est travaillaient en secteur occidental et il s'avérait impossible pour les autorités d'assurer des contrôles efficaces au quotidien. Néanmoins, les soldats veillaient et toute personne qui passait d'une zone à l'autre avec des bagages courait le risque d'être arrêtée. Ils fileraient donc les mains vides, avec seulement leurs maigres économies cachées dans le landau de leur fils. Pour plus de discrétion, Léna, la femme de Gunther, partirait d'abord avec Erna et les deux petits, et son mari les rejoindrait le lendemain à l'ambassade de France. Ils avaient décidé d'émigrer vers Nancy. Karl avait souvent parlé à Erna de son frère Jules, et celle-ci espérait obtenir son aide lors de leur arrivée en France. De toute façon, elle ne connaissait personne d'autre dans ce pays et la Lorraine ne se trouvait pas si loin de l'Allemagne. Si un jour les choses changeaient, ils pourraient ainsi se réinstaller très vite à Berlin.

Gunther avait demandé à sa mère de ne rien dire à Jorge quant à leur date de départ, dans la crainte que celui-ci les dénonce. Erna s'y était résolue. Elle ne dirait donc pas adieu à celui qui était son époux depuis quarante ans, mais elle s'en moquait. Le reste de sa vie était ailleurs, dans la douceur de l'Occident, à choyer ses petits-enfants. La fuite des deux femmes était programmée pour le 12 août, ce qui donnait une semaine entière pour achever les maigres préparatifs. En cachette de son mari, Erna avait entrepris de mettre de l'ordre dans ses souvenirs. Elle se sentait triste de laisser tant de choses derrière elle, mais comment faire autrement ? Elle ne put toutefois résister à l'envie d'emporter quelques clichés de Gunther bébé. Elle prit aussi avec elle une photo de ce fameux Noël 1955, sur laquelle elle posait avec fierté en compagnie de son ami Karl. Elle trouva enfin ce qu'elle cherchait au fond d'une boîte à chaussures : un petit papier sur lequel Karl avait écrit avec soin l'adresse et le numéro de téléphone de son frère Jules.

La veille du départ, Erna se sentit subitement très inquiète. Et s'ils se faisaient arrêter tous les cinq ? Et comment se débrouilleraient-ils en France ? Elle était la seule à parler le français, qu'elle avait étudié à l'Université, mais Gunther et sa femme n'en connaissaient pas un mot. Ils allaient devoir rapidement trouver du travail pour vivre, leurs économies ne suffiraient pas longtemps. Comment allaient-ils être reçus à Nancy ? Après tout, la guerre n'apparaissait pas si lointaine et les Allemands ne seraient peut-être pas accueillis à bras ouverts. « *De toute façon, il est trop tard pour reculer* », songea Erna. La soirée s'avéra agréable. Jorge se montra charmant, comme s'il se doutait de quelque chose. Il la complimenta sur le repas et lui dit qu'il la trouvait toujours aussi belle malgré les années. En allant se coucher, Erna ne put s'endormir. Avait-elle raison de partir ?

Au petit matin, elle prit son petit déjeuner avec son mari comme à l'accoutumée, et l'embrassa sur le front en l'informant qu'elle allait faire quelques courses. Jorge se replongea immédiatement dans son journal et elle claqua la porte avec un pincement au cœur. Elle ne reviendrait plus ici, ce départ était définitif. Elle portait un panier à commissions dans lequel elle avait glissé quelques affaires de rechange et une brosse à dents. Elle avait empilé sur elle plusieurs sous-vêtements, pour éviter d'attirer l'attention avec des bagages. Comme convenu, elle rejoignit Gunther, Léna et les enfants à quelques centaines de mètres de là. Son fils avait tenu à embrasser sa mère avant de se rendre au travail. Le jeune berlinois n'était pas totalement serein de laisser les deux femmes s'aventurer seules ainsi, mais il avait convenu que cette solution était probablement plus sûre.

— Soyez prudentes. Nous ne pourrons pas nous téléphoner, mais je vous retrouve demain à dix heures à l'ambassade de France.

— D'accord. Ne t'inquiète pas pour nous, il n'y a rien de suspect à aller admirer les vitrines de Berlin-Ouest avec sa belle-mère, répondit son épouse en riant.

Gunther acquiesça d'un sourire puis regarda les deux femmes s'éloigner, en poussant le landau du bébé. La chaleur d'août se montrait déjà oppressante, bien qu'il fût assez tôt, et le jeune homme desserra sa cravate et fila vers son bureau. Il avait hâte d'être au lendemain. Une nouvelle vie allait s'ouvrir pour eux et il se sentit plein d'espoir en montant les escaliers. En saluant ses collègues, il réalisa qu'il faisait sans doute ce geste pour la dernière fois. Le jeune allemand aspirait à la liberté depuis si longtemps ! Après avoir grandi sous le joug d'Hitler, il avait vécu la bataille de Berlin dans l'angoisse et la faim, du haut de ses quinze ans. Ses espoirs de liberté et d'abondance avaient vite été douchés ensuite. Peu sensible à la propagande communiste, Gunther n'avait alors eu qu'une obsession : rejoindre l'Occident. Toute la journée, il se sentit excité et plein d'espoir à l'idée du départ. Il travailla avec ardeur, attaché à laisser ses dossiers en ordre.

*

Erna et sa belle-fille étaient parvenues sans encombre dans le secteur français. Comme prévu, elles n'avaient rencontré aucun contrôle, la police est-allemande s'étant montrée peu suspicieuse envers deux femmes accompagnées d'enfants en bas âge. Elles avaient pris le métro, comme des milliers de Berlinois le faisaient chaque jour. En arrivant du côté occidental, elles s'étaient senties soulagées et heureuses. Durant le trajet, qui n'avait duré qu'un quart d'heure, Erna avait pensé à Jorge. Comment allait-il supporter la disparition de sa femme ? La mère de Gunther avait pris soin de lui laisser une longue lettre, lui expliquant à nouveau les raisons de son départ. Elle lui avait écrit qu'il pouvait encore les rejoindre, mais elle savait qu'il ne viendrait pas. Jorge était un pur produit du régime, il n'avait jamais douté et, même pour sa famille, il ne renoncerait pas à son idéal communiste. C'était désormais un vieil homme, qui ne pouvait imaginer une autre existence dans un monde différent. Mais Erna, qui écoutait en secret des radios occidentales et parvenait parfois à obtenir des journaux français, ne doutait pas de sa propre décision. Comment finirait-elle ses jours en France ? Elle l'ignorait encore, mais elle s'en moquait. Elle voulait juste donner l'espoir d'une nouvelle vie à ses deux petits-enfants.

Gunther avait pris soin de leur réserver une chambre d'hôtel sur la Postdamerstrasse pour la première nuit. Des centres d'hébergement pour réfugiés existaient pourtant, mais le fils d'Erna avait opté pour cette solution plus confortable. De toute façon, elles n'y passeraient qu'une nuit. Il serait là dès le lendemain matin et toute la famille se rendrait alors à l'ambassade de France pour y demander un visa. Ils prendraient ensuite l'avion pour Paris, puis le train pour Nancy.

Les deux femmes s'installèrent à l'hôtel dès leur arrivée, heureuses de cette liberté à venir. Le temps était incertain pour un mois d'août, mais elles firent, malgré tout, une longue promenade dans la ville, savourant à chaque pas et face à chaque vitrine, les délices de cette vie qui s'offrirait bientôt à elles. De retour à l'hôtel et après avoir couché les deux enfants, elles s'assirent devant la télévision et y découvrirent une vision du monde qui ne pouvait que les conforter dans leur choix. Léna, en particulier, semblait stupéfaite en écoutant les actualités, tellement différentes de ce qu'elle avait entendu depuis qu'elle était une petite fille. Comme son mari avait eu raison d'insister pour partir ! Lorsqu'elles éteignirent le poste, elles se couchèrent rapidement, pressées d'être au lendemain.

*

Minuit venait de sonner lorsque Erna fut réveillée par des bruits de marteaux-piqueurs. Que pouvait-il bien se passer en pleine nuit à Berlin ? Elle tenta de se rendormir, légèrement agacée d'être ainsi privée de sommeil par des ouvriers inconséquents. Mais le vacarme s'amplifiait et au bout d'un moment, Léna ouvrit les yeux à son tour.

— Qu'est-ce donc que ce raffut ? murmura-t-elle en se dressant sur son séant.

— Je n'en sais rien. Voilà un petit moment que cela dure.

Tout en prononçant ces mots, Erna se leva et, s'approchant de la fenêtre, écarta le rideau. Malgré l'heure avancée, elle remarqua de nombreux badauds qui semblaient se hâter vers la Postdamer Platz située à quelques pas de là.

— C'est vraiment étrange, tous ces gens qu'on aperçoit dehors, à cette heure tardive. Il a dû se passer quelque chose, sans doute un accident.

Elle réfléchit quelques instants.

— Je vais voir, ajouta-t-elle.

— Je viens avec vous, répondit sa belle-fille.

— Non, les petits dorment, il vaut mieux que tu restes ici. Je ne m'absenterai pas longtemps. À tout de suite.

Elle fila sans un bruit dans les couloirs de l'hôtel. Erna se sentait inquiète, mue par un étrange pressentiment. Lorsqu'elle fut arrivée à proximité de Postdamer Platz, elle poussa un cri d'effroi. Un énorme barbelé avait été déroulé le long de la frontière, des Vopos en armes interdisaient tout passage et une multitude d'ouvriers s'affairaient avec de lourds parpaings. La foule massée à Berlin-Ouest se montrait silencieuse, comme tétanisée par la scène qu'elle voyait se produire devant ses yeux. En revanche du côté Est de la barricade en train de se dresser, on entendait des hurlements et des pleurs. Tous avaient saisi que dorénavant, ils étaient emprisonnés derrière un mur infranchissable. La rumeur courait depuis quelque temps d'une fermeture à venir de la frontière berlinoise. Près de deux mille personnes quittaient désormais chaque jour la zone orientale de la ville, et le flux ne cessait de s'accroitre. Mais personne n'aurait pu imaginer une telle brutalité.

Erna était sidérée. Elle comprit immédiatement qu'il était trop tard pour Gunther. Pourquoi n'étaient-ils donc pas partis tous les cinq ? Quelle erreur ! Et comment faire maintenant ? Elle s'approcha des barbelés avec prudence. Tous ces soldats, qui ne semblaient pas vraiment comprendre ce qui se jouait, tenaient leurs armes pointées vers l'Ouest. Elle vit tout à coup une jeune femme en larmes, un bébé dans les bras, se mettre à genoux en hurlant devant un des Vopos.

— Je vous en prie, laissez-moi rentrer chez moi. J'étais seulement allée rendre visite à ma mère : je dois retourner à Berlin-Ouest, mon mari m'attend. Je vous en supplie !

Le soldat demeura imperturbable, faisant mine de ne rien entendre. Désespérée, elle s'approcha de barbelés et tenta de les écarter. Elle se mit à saigner et fut violemment repoussée par un officier. Son bébé hurlait, terrifié. Des passants se précipitèrent pour relever la jeune femme et essayer de l'apaiser.

Tout à coup, une clameur retentit : « Le métro ! ». Tous se ruèrent vers l'entrée située à quelques mètres de là. Ils ne purent faire que quelques pas avant d'être chassés par d'autres militaires qui avaient investi le métro et en barraient l'accès. Le désespoir et la colère se lisaient sur tous les visages.

Erna remarqua soudain un couple qui se tenait à côté d'elle. Les deux époux semblaient dubitatifs et observaient la scène sans un mot. Ils étaient tous deux en tenue de soirée, ce qui semblait incongru face aux militaires en armes et au chaos général. Seule la pâleur de la jeune femme trahissait son émotion. Erna décida d'entamer la discussion. Elle éprouvait le besoin de parler à quelqu'un pour se rassurer.

— Pensez-vous que cette frontière soit temporaire ?

— Certainement pas, répondit l'homme avec tristesse. Voilà des semaines que la rumeur courait, et je crains que cette scission de la ville soit définitive.

— Peut-être y aura-t-il certaines tolérances ? interrogea à nouveau Erna.

— J'en doute. Je ne sais pas ce que nous allons devenir, ma femme et moi, ajouta-t-il. Nous avions seulement prévu de passer la soirée au cinéma dans le quartier britannique, nous devions rentrer par le dernier métro. Nous n'avons pas d'affaires personnelles, bien sûr, et nulle part où aller.

— Il y a un petit hôtel bon marché à deux pas, répondit Erna. Prenez une chambre pour la nuit et peut-être pourrez-vous tenter de retourner chez vous demain ? Les garde-frontières auront sans aucun doute reçu des instructions dans ce sens.

— Nous ne rentrerons pas, même si l'on nous y autorise. Nous reconstruirons notre vie ici, ou ailleurs en Allemagne Fédérale. Je ne veux pas vivre derrière un mur. Je veux vivre libre.

L'homme semblait amer, mais déterminé. Erna leur sourit en guise d'encouragement et s'éloigna. Les ouvriers, aidés par les soldats est-allemands, poursuivaient leur sinistre tâche. D'un seul coup, une gigantesque clameur la fit se retourner. Un des militaires, chargé de surveiller la nouvelle frontière, venait de sauter par-dessus les barbelés, son fusil en bandoulière. Ses camarades, sidérés par ce geste, n'avaient pas eu le temps de réagir. Il paraissait très jeune, vingt ans tout au plus, et avait d'immenses yeux clairs. Il fixa intensément les soldats restés de l'autre côté, leur fit un petit salut de la main, puis s'éloigna en marchant sur la Postdamerstrasse, comme si de rien n'était. La scène apparaissait surréaliste, et Erna se demanda à nouveau si elle ne rêvait pas.

Lorsqu'elle arriva à l'hôtel, Léna l'attendait et semblait très inquiète. À peine Erna eut-elle franchi la porte qu'elle l'interrogea.

— Que se passe-t-il ?

— J'ai bien peur que la frontière soit désormais hermétiquement fermée, répondit sa belle-mère dans un soupir.

— Mais ce n'est pas possible ! Et Gunther ? Comment va-t-il nous rejoindre ?

La jeune femme se mit à pleurer à chaudes larmes.

— Il va trouver une solution, ne t'inquiète pas, la rassura-t-elle. Nous devons nous reposer maintenant, nous aviserons demain. Gunther se montre toujours débrouillard, tu le sais bien. Il nous retrouvera, d'une façon ou d'une autre.

Léna finit par se calmer et s'endormir, brisée par l'émotion. Mais Erna n'y arrivait pas, beaucoup plus préoccupée qu'elle ne l'avait laissé paraître. Reverrait-elle un jour son fils ? Et son mari ? Et qu'allaient-elles devenir toutes les deux avec deux enfants en bas âge et sans argent ? Au-dehors, le bruit des marteaux-piqueurs ne cessa pas durant toute la nuit. Erna se sentait envahie et ce bruit résonnait en elle de manière intolérable. Vers cinq heures du matin, le calme revint subitement et elle parvint enfin à trouver le sommeil.

*

Gunther n'avait rien entendu cette nuit-là, car il habitait assez loin de la zone tampon entre les deux Allemagne. Il avait dormi profondément, sans imaginer un instant la crise qui avait débuté à quelques centaines de mètres de là. Au petit matin, il se leva, déjeuna et s'habilla avec soin. Il entreprit de ranger l'appartement. Il savait qu'il n'y remettrait jamais les pieds et il trouva cela étrange.

Dans sa fuite programmée, Gunther n'ignorait pas qu'il allait devoir abandonner bon nombre de souvenirs, et cela le rendait triste, mais la liberté avait un prix. Il s'assit sur le sol et passa de longues minutes à regarder des photos retrouvées dans une petite boîte en carton. Il résolut d'emporter avec lui quelques clichés de son enfance, qu'il glissa dans sa poche. Il ouvrit le réfrigérateur, où trônait seulement une bouteille de lait entamée et décida de la jeter : autant faire place nette pour les locataires suivants. Son logement appartenait à l'État et allait sans aucun doute très vite être réquisitionné.

Vers neuf heures, Gunther se résolut à partir. Le ciel était gris et le temps menaçant, il attrapa son parapluie et son imperméable puis claqua la porte sans une hésitation. Un quart d'heure après, il arriva près du métro à Alexander Platz, mais fut surpris de constater que la station était fermée. Cela ne s'était jamais produit et tous les voyageurs se regardaient d'un air interrogateur. Il choisit donc de poursuivre à pied vers la station suivante, mais s'aperçut très vite que l'entrée était également barrée par un volet de fer. Gunther commençait à se sentir inquiet. « *Il y aura eu une panne, quelle déveine ! Je vais marcher jusqu'au checkpoint le plus proche et j'aviserai* », songea-t-il. Il savait parfaitement qu'il ne serait pas autorisé à passer dans le secteur occidental, n'ayant aucune raison valable de s'y rendre. Sa seule possibilité restait donc le métro. « *Quelle poisse si je dois attendre demain qu'il refonctionne* », pensa-t-il encore.

La pluie avait commencé à tomber, et le Berlinois se félicita d'avoir un parapluie. Après près d'une heure de marche, il atteignit la Stalineallée et s'approcha de checkpoint Charlie. Il aperçut immédiatement une foule amassée et sentit que quelque chose d'anormal était en train de se produire. Il accéléra le pas, de plus en plus inquiet, et fut pris de panique en arrivant. Une montagne de parpaings s'élevait déjà : le Mur, que tous redoutaient depuis des semaines, avait surgi cette nuit.

— Qu'est-ce que c'est que cela ? lança-t-il à un vieil homme qui était en train de regarder, les bras croisés.

— Nous ne sommes plus autorisés à passer dans les secteurs occidentaux. Ils construisent un mur pour nous en empêcher, répondit-il d'une voix triste.

— Mais c'est impossible, Gunther criait désormais, ma femme et mes enfants se trouvent là-bas, je dois les rejoindre.

Il courut vers le checkpoint et tenta de s'expliquer. Mais les gardes le repoussèrent vivement. Le fils d'Erna était rouge de colère.

— Vous n'avez pas le droit de nous enfermer comme des animaux en cage ! Je veux retrouver ma famille, vous ne m'en empêcherez pas !

Un officier fit signe à deux plantons qui se saisirent du jeune homme et l'embarquèrent, sous le regard affligé des badauds.

## 29.

Dix jours plus tard, Gunther était de retour dans son petit appartement. Emprisonné dans les geôles de Berlin-Est, il avait été longuement interrogé, traité de traître à la solde des capitalistes, mais il n'avait pas flanché, et les autorités avaient fini par le relâcher. Il avait expliqué que sa famille était partie rendre visite à une cousine en secteur occidental, par un malheureux concours de circonstances. En bon acteur, il avait même demandé comment sa femme pouvait faire pour revenir. Il avait ajouté que bien sûr, il soutenait le parti communiste et que, même s'il avait paniqué en voyant ces barbelés, il ne doutait pas que le gouvernement avait agi pour le bien de tous et pour préserver la paix. L'officier qui l'avait interrogé avait cru à ses mensonges. Il lui avait fourni un document officiel pour faciliter le retour de sa femme et de ses enfants. Gunther l'avait chaudement remercié, mais le jeune Allemand n'avait évidemment pas du tout l'intention de rapatrier les siens. Il allait trouver une solution pour franchir ce mur, coûte que coûte. Sa vie se poursuivrait à l'Ouest, il n'y avait pas d'alternative. Il s'en voulait pourtant beaucoup d'avoir tergiversé pendant des mois. Il allait devoir faire preuve d'ingéniosité pour fuir. Mais sa détermination était intacte. De toute façon, il ne pouvait abandonner sa famille, il devait partir.

Il avait retrouvé son logement dévasté. Fouillé de fond en comble par des policiers de la Stasi, qui n'y avaient heureusement rien découvert de compromettant. Il s'était jeté sur son lit, épuisé par les nuits sans sommeil qui s'étaient enchaînées à la prison. Le Berlinois avait l'impression de vivre un cauchemar. Il pensait sans cesse à sa femme et à sa mère. Elles devaient se sentir complètement paniquées devant ces événements inattendus. Elles avaient, certes, un peu d'argent, mais ne tiendraient pas longtemps. « *Je dois d'abord me reposer, je réfléchirai à mon réveil* », songea-t-il. La fatigue écrasante qui l'habitait lui permit de sombrer dans le sommeil instantanément.

Lorsqu'il émergea enfin, il était plus de cinq heures. Il avait dormi toute la journée. À peine eut-il ouvert les yeux que Gunther se remit à chercher une solution. Il se sentait déterminé à passer coûte que coûte, mais il ne savait comment faire. Il résolut d'aller faire un tour dehors. Peut-être allait-il ainsi avoir une idée ? De toute façon, il devait trouver de quoi manger car il mourait de faim. Il descendit les escaliers et franchit la lourde porte cochère. Un homme assis sur un banc quelques pas plus loin se leva immédiatement dès qu'il l'aperçut. « *Évidemment, je suis surveillé* », pensa-t-il. Il comprit que cela n'allait pas être simple d'échapper à la vigilance de la Stasi. Son comportement idiot au pied du Mur l'avait désigné comme suspect et il s'en voulait beaucoup.

Gunther erra dans les rues pendant plus d'une heure, faisant mine de se promener sans but. Il s'arrêta dans un supermarché d'État pour faire quelques courses, puis poursuivit son périple en sifflotant. Il paraissait nonchalant, mais son esprit bouillonnait. Alors qu'il longeait le canal Teltow, il eut subitement un éclair de génie. L'endroit apparaissait plutôt calme. Des barbelés avaient été déroulés sur la rive est-allemande, mais de l'autre côté, c'était l'Ouest. Deux Vopos patrouillaient sur environ cinq cents mètres, enchaînant les allers et retours à pas lents. Et s'il s'enfuyait à la nage ? Loin des checkpoints fréquentés, dans ce quartier populaire où rien ne se passait jamais ? Sa décision fut rapidement prise : il allait franchir les dix mètres qui le séparaient de la berge occidentale en avançant sous l'eau. Des pieux maintenaient les fils de fer, mais ils semblaient assez peu enfoncés et, dans la terre meuble, il serait sans doute facile de les soulever pour se glisser en dessous. Ensuite, il suffirait de prendre son souffle et de nager.

Le jeune Allemand s'appliqua à ne laisser transparaitre aucune émotion en s'éloignant du canal, mais il se sentait surexcité. Il savait intuitivement qu'il devait partir au plus vite, tant que régnait un certain désordre dans la ville. Dans peu de temps, il serait sans doute trop tard, les autorités allaient renforcer cette frontière pour la rendre totalement étanche. Il revint sur ses pas, et rentra dans son immeuble le sourire aux lèvres. Il se sentait sûr de lui : il allait y arriver. Il fallait juste attendre le moment où il pourrait déjouer la surveillance de la police politique. La Stasi n'allait tout de même pas le suivre ainsi, jour et nuit ? Après avoir dévoré un énorme plat de riz agrémenté de saucisses, il s'installa face à son téléviseur pour écouter les informations. Le présentateur vantait la clairvoyance du gouvernement qui « avait érigé un rempart pour la paix ». La chaîne officielle ne reculait décidément devant aucune contre-vérité…

*

De l'autre côté de la ville, Erna et sa belle-fille étaient anéanties. Les enfants jouaient par terre et riaient aux éclats, inconscients du drame qui se déroulait, et les deux femmes les regardaient, aussi silencieuses l'une que l'autre.

— Nous allons nous rendre au centre d'accueil des réfugiés. Je n'ai pas de meilleure idée, lança Erna après une longue réflexion.

— Mais qu'allons-nous devenir ensuite ? Cet endroit n'est qu'un lieu de passage, ils vont nous envoyer vers la France ou l'Autriche. Il est hors de question pour moi de quitter l'Allemagne sans Gunther.

— Que proposes-tu d'autre ? répondit sèchement Erna. Nous ne pouvons rester dans cet hôtel plus de quelques jours, cela nous coûterait bien trop cher.

La jeune femme se remit à pleurer, ce qui agaça profondément sa belle-mère. Erna se sentait épuisée mais refusait de sombrer dans le désespoir.

— Et s'il ne parvient jamais à nous rejoindre ? gémit Léna.

— Il y arrivera, n'en doute pas, décréta sa belle-mère. Nous le savons intelligent et déterminé ? Il connaît la ville comme sa poche. Mais cela peut prendre un peu de temps et nous devons nous organiser en attendant. Et si nous devons partir en France, il saura où nous trouver : à Nancy. J'ai l'adresse du frère de Karl, il nous aidera en attendant l'arrivée de Gunther.

Léna ne répondit pas et commença à habiller les enfants, qui chahutaient avec le lourd rideau de velours jaune. Le bébé se mit à pleurer et elle l'attrapa d'un geste brusque. Elle se sentait à bout de nerfs. Les deux femmes se préparèrent rapidement, rendirent les clés de leur chambre et sortirent. Un franc soleil inondait les rues, après les orages de la veille, et réconfortait les Berlinois, mais une certaine tension restait toujours perceptible.

— Retournons d'abord vers la frontière, proposa Erna, nous pourrons peut-être glaner quelques nouvelles.

Sa belle-fille acquiesça sans un mot et elles n'eurent que quelques dizaines de mètres à parcourir pour se retrouver devant le Mur monté à la hâte. La Postdamer Platz était noire de monde : hommes, femmes et enfants de tous âges. Certains pleuraient, d'autres paraissaient terriblement angoissés. Le manque de sommeil se lisait sur tous les visages. Elles s'approchèrent d'une guérite militaire qui avait été installée dans la nuit pour informer les nombreux Berlinois piégés par l'édification brutale d'une ligne de démarcation. Erna décida de prendre place dans la file d'attente, tandis que Léna restait en retrait avec les deux petits. Quand vint son tour, elle s'avança vers le militaire, le cœur battant.

— Mon fils devait nous rejoindre ce matin, en provenance de l'Est. Pensez-vous que, s'il explique que sa famille est ici, il pourra passer ?

— Ma pauvre dame, je crains qu'il n'ait aucune chance. Apparemment, les consignes semblent strictes en face. Les autorités laissent entrer les Berlinois de l'Est qui souhaitent revenir, mais le chemin inverse est impossible.

— Impossible ? Même pour les habitants de l'Ouest qui veulent juste retourner chez eux ?

— Hélas oui. Depuis ce matin, nous assistons à des scènes déchirantes. Des enfants qui se trouvaient chez leurs grands-parents ne sont pas autorisés à retrouver leurs parents. Des amoureux en larmes s'envoient des baisers par-dessus les barbelés, des hommes et des femmes ne peuvent plus se rendre à leur travail malgré leurs supplications. Tout cela est terrifiant, et si brutal !

— Que va-t-il se passer maintenant ? demanda Erna.

— Je l'ignore. Les commandements alliés sont réunis depuis cette nuit mais rien n'a transpiré.

— Merci, capitaine, répondit-elle.

Erna s'éloigna en réfléchissant. Que devait-elle décider ? On leur donnerait certainement l'autorisation de retourner à Berlin-Est, mettant fin tout de suite à une errance qui s'annonçait difficile. Mais qu'aurait souhaité son fils ? Gunther rêvait depuis tellement longtemps d'émigrer vers la France ! Comment réagirait-il s'il les voyait revenir ? « *Non, c'est exclu*, songea-t-elle, *notre décision était prise, nous allons l'attendre, il viendra* ». Elle s'approcha de Léna.

— Impossible de passer, mentit-elle, cela m'a été confirmé. Allons au centre d'accueil de Marienfelde dès maintenant. Gunther nous rejoindra bientôt.

La jeune femme acquiesça, rassurée par la détermination d'Erna. Elle n'en doutait pas, Gunther serait prochainement là. Les deux femmes se mirent en route sans échanger un mot de plus. Se retrouver à Marienfelde n'avait rien d'enthousiasmant mais c'était désormais la seule solution. Erna dut demander deux fois le chemin à des passants et lorsqu'elles arrivèrent, il n'était pas loin de midi. Le bâtiment était gris et sinistre et une foule nombreuse se pressait devant. Erna poussa un soupir de découragement mais poussa malgré tout la porte d'un pas assuré.

# 30.

Il y avait plus d'une semaine que Gunther était rentré chez lui et il rongeait son frein. Il n'avait réussi à avoir aucune nouvelle de sa mère et de Léna. Il s'était promené à plusieurs reprises le long du mur, s'arrêtant de temps à autre pour observer avec attention les badauds qui se pressaient de l'autre côté. Malheureusement, le jeune berlinois n'avait pas eu la chance d'apercevoir les deux femmes. Il avait hésité ensuite à téléphoner à l'ambassade de France à Berlin-Ouest, mais avait trouvé cela trop risqué car il se savait sur écoute depuis qu'il avait été libéré. Sa priorité était de passer auprès des autorités pour un citoyen modèle, afin de mettre un terme à la surveillance dont il faisait l'objet et de pouvoir enfin fuir. Il y avait urgence, car il n'allait pas tarder à être interrogé quant au retour de sa famille.

Lorsqu'il sortit pour sa promenade rituelle à la tombée du jour, il eut la surprise de s'apercevoir que personne ne l'attendait dehors. Peut-être avait-il mal vu ? Tout en déambulant dans les rues, il se retourna à plusieurs reprises. Personne ne le suivait. Il s'assit un bon moment sur un banc dans un jardin public, puis revint sur ses pas. Cette fois, il n'en doutait plus : aucune filature n'avait lieu ce soir-là. Il ne devait pas tergiverser, l'occasion ne se reproduirait peut-être pas, il fallait fuir. Maintenant.

De retour dans l'appartement, une grande frénésie l'avait saisi. Il partirait avec presque rien : les dix mètres qu'il devait effectuer sous l'eau dans le canal, rendaient inutiles tout vêtement, sac ou papier supplémentaires. Il déposa simplement une ou deux photos ainsi qu'un billet de cinquante marks dans une pochette étanche qu'il enfouit sous sa chemise. Il glissa ses pieds nus dans des chaussures, trouvant les chaussettes tout aussi superflues. Après un dernier regard circulaire, il ferma la porte le plus doucement possible et descendit l'escalier avec appréhension. Faisait-il le bon choix ? Réussirait-il ce pari insensé ? Il frissonna en pensant aux geôles sinistres de la Stasi.

*

Lorsqu'il franchit la lourde porte d'entrée de son immeuble, il était plus de minuit et la rue paraissait déserte. Pourquoi n'était-il pas surveillé ce soir-là ? Gunther l'ignorait, mais était convaincu que cette opportunité ne devait pas être manquée. Il marcha pendant près d'une heure avant d'arriver à proximité du canal de Teltow. La zone était faiblement éclairée et deux soldats faisaient les cent pas en parlant. Ils paraissaient plongés dans une discussion animée, et semblaient porter peu d'attention à ce qui se passait aux alentours. Gunther eut alors la conviction qu'il avait fait le bon choix : ce lieu était parfait pour mener à bien son projet d'évasion. Aucune fenêtre ne donnait de ce côté du canal et personne ne pouvait le voir. Il se dissimula dans une porte cochère afin d'observer les militaires sans être repéré. Poursuivant leur ronde, les deux hommes s'approchèrent à quelques mètres de lui et Gunther retint sa respiration. Juste avant d'atteindre la cachette du fils d'Erna, ils firent demi-tour, tout en poursuivant leur dialogue animé. Lorsqu'ils se furent éloignés d'une dizaine de mètres, Gunther se faufila sans un bruit derrière un gros buisson qui bordait le canal. Sans perdre un instant, il rampa en direction de l'eau noire et s'attaqua aux deux pieux qui retenaient les barbelés. L'un céda immédiatement, mais l'autre résista. Paniqué, Gunther tira de toutes ses forces, se blessa sur le fil de fer, et finit par parvenir à ses fins. Malgré sa main qui saignait abondamment, il se glissa sous le barbelé, prit une grande inspiration et s'immergea avec lenteur.

Dix mètres. Dix mètres le séparaient de la liberté. Il nagea en silence. Durant cette minute interminable, immergé dans l'eau noire, il sentit son cœur battre à tout rompre et des pensées tumultueuses tournoyer dans sa tête. Il songeait à sa vie passée, aux trente années vécues dans cette petite maison du quartier de Lichtenberg, où il était né et où il avait grandi. Faisait-il le bon choix de fuir ainsi vers un ailleurs qu'il ne connaissait pas ? Bien sûr, il était certain que le communisme menait à une impasse : toutes ses lectures interdites l'en avait convaincu. Mais ne se fourvoyait-il pas ? Allait-il retrouver un travail, un logement, pourrait-il subvenir aux besoins de sa famille ? Et Léna, s'habituerait-elle à vivre dans un autre pays que le sien ? Il réalisa qu'il lui avait imposé cette décision. Le jeune Berlinois sentit une bouffée d'angoisse l'envahir et il faillit renoncer. Au bout de quelques instants pourtant, il ressortit du canal. Il avait réussi : il était à l'Ouest et ses doutes s'envolèrent instantanément. Il se hissa sur le bord et s'assit pour reprendre son souffle. En relevant la tête, il fut stupéfait de voir que les deux Vopos l'observaient sans mot dire depuis la rive d'en face. Ils n'avaient pas tiré, ne lui avaient pas ordonné de s'arrêter. Ils regardaient intensément un Gunther trempé jusqu'aux os. Tout à coup et contre toute attente, ils échangèrent un regard, jetèrent leurs mitraillettes derrière eux dans un ensemble parfait, et se jetèrent à l'eau à leur tour. Le fils d'Erna était sidéré. Se lançaient-ils à sa poursuite ? Il restait tétanisé devant la scène qui se jouait sous ses yeux. Lorsque les deux garçons se hissèrent sur le rivage, ils s'avancèrent vers lui avec un large sourire. Ils semblaient à peine sortis de l'adolescence. L'un portait des lunettes cerclées de métal qu'il ôta aussitôt et tenta de sécher, sans succès. Il frotta ses yeux de myope avant de se jeter dans les bras de son acolyte, puis de Gunther.

— Merci l'ami ! Nous n'aurions jamais eu le courage de fuir sans toi.

— Cela fait des jours que nous attendions ce moment, renchérit l'autre jeune homme en pleurant.

Gunther venait de comprendre qu'eux aussi avaient choisi la fuite. Malgré l'heure tardive, la triple évasion n'avait pas échappé aux habitants du quartier et de nombreux badauds étaient sortis dans la rue. Brusquement, des applaudissements se firent entendre, de plus en plus nombreux et de plus en plus forts. Gunther était stupéfait de voir une telle explosion de joie devant leur exploit. Une femme s'approcha d'eux, portant des couvertures.

— Je vous ai vu par la fenêtre et je suis descendue immédiatement. Tenez, prenez cela, vous devez être frigorifiés.

— Je vais vous chercher des vêtements secs, je reviens tout de suite, ajouta un vieillard aux cheveux blancs, qui marchait avec une canne.

Les trois hommes grelottaient. Les deux militaires se délestèrent prestement de leurs casques et de leurs lourdes ceintures et, sans un regret, les jetèrent dans la rivière. Tous regardèrent les accessoires flotter un instant puis disparaitre dans l'eau noire.

— Venez chez moi vous réchauffer, je vais vous préparer du café.

La femme qui était arrivée la première les interpellait à nouveau, avec un sourire réconfortant.

— Merci bien, Madame, répondit Gunther.

Les trois réfugiés la suivirent et s'installèrent avec soulagement devant le breuvage chaud. L'angoisse retombait doucement pour le fils d'Erna. Quant aux deux jeunes soldats, qui avaient obéi à une impulsion subite, ils semblaient avoir du mal à réaliser ce qui venait de se produire. Tandis qu'ils buvaient le précieux café, le meilleur de leur jeune vie, on frappa à la porte. Le vieil homme et plusieurs habitants de l'immeuble arrivaient les bras chargés de vêtements, de chaussures, de pain ou de friandises. Ils paraissaient plus soucieux les uns que les autres de réconforter les fugitifs. Une fois séchés et habillés avec des habits propres, ils se sentirent rassérénés et s'apprêtèrent à prendre congé de leur hôtesse.

— Vous pouvez vous rendre au centre d'accueil des réfugiés de Marienfelde, il est ouvert jour et nuit, leur apprit-elle.

— Bien sûr, j'y fonce tout de suite, affirma Gunther. J'espère y retrouver ma famille et ma mère, dont je n'ai aucune nouvelle. J'ai l'impression de vivre un cauchemar depuis cette sinistre nuit du 13 août et j'espère qu'il tire à sa fin.

— Je comprends, répondit la femme. Nous nous doutions tous que les passages depuis l'Est allaient devenir plus compliqués. Nous avons vu tellement de gens fuir ! Mais, pas une seule seconde, je n'aurais imaginé qu'ils en viendraient à construire un mur en pleine nuit. Et vous, messieurs, elle s'était tournée vers les deux jeunes militaires, avez-vous de la famille à retrouver ?

— Les grands-parents de mon camarade habitent ici, mais je ne connais personne. J'ai laissé ma mère derrière moi. C'est elle qui m'a supplié de partir, en me répétant chaque jour que je serais plus heureux à l'Ouest. Mon père est mort il y a bien longtemps. Je me suis enrôlé dans la Volkspolizei sans réfléchir, car je ne trouvais pas de travail, mais je l'ai vite regretté. Ordre nous a été donné de tirer sans sommation sur toute personne tentant de franchir la frontière, y compris les femmes et les enfants. Mais jamais je ne pourrai tuer des compatriotes ! J'ai vite compris que j'avais fait une erreur en m'engageant dans la police politique. Quand ma mère m'a vu aussi désespéré, elle m'a suggéré de fuir. Alors, tout à l'heure, je n'ai pas vraiment réfléchi et j'ai foncé quand j'ai vu mon camarade se jeter à l'eau.

Gunther observait le jeune homme. Il semblait à peine sorti de l'enfance et son récit inspirait la compassion. Connaîtrait-il réellement une meilleure vie après avoir tout laissé ainsi derrière lui ? Ils se levèrent tous les trois et prirent congé de leur hôtesse en la remerciant chaudement. Après quelques minutes de marche, ils arrivèrent au centre d'hébergement. Gunther était épuisé. La tension des derniers jours et l'émotion d'avoir réussi, avaient eu raison de sa grande force, et il se sentait sur le point de s'effondrer. Lorsqu'il se présenta à l'accueil, il était près de trois heures du matin.

— Bonjour, je viens de l'Est, je suis passé cette nuit.

— Bonjour, Monsieur, comment vous sentez-vous ? répondit avec sollicitude l'homme qui était posté à l'entrée.

— Plutôt bien, merci, juste un peu fatigué. Pouvez-vous

me dire si ma mère, ma femme et mes enfants se trouvent ici ?

— Je vous laisse regarder cette liste, ajouta-t-il en tendant une feuille à Gunther.

Ce dernier se précipita dessus et son visage s'éclaira immédiatement.

— Ils sont tous là, quel bonheur ! Je n'avais aucune nouvelle et je me sentais terriblement inquiet.

— Je suis ravi pour vous, reprit l'homme en consultant à son tour le registre. Votre famille se trouve dans une chambre commune au deuxième étage. Mais je vous suggère de ne pas monter maintenant, car vous risquez de réveiller tout le monde. Il n'y a que des femmes seules et des enfants, ils pourraient être apeurés. Vous pouvez aller vous reposer dans la salle située derrière cette porte, et vous retrouverez vos proches dès demain.

— D'accord, murmura Gunther un peu déçu.

Il prit la direction indiquée. La salle commune était immense mais pratiquement pleine de réfugiés endormis. Le Berlinois se jeta sur le premier lit vide. Étendu sur le dos, les yeux grands ouverts, il mit un long moment à s'endormir. L'émotion de la fuite avait été forte. Il avait conscience qu'il aurait pu laisser sa peau dans cette aventure, mais il y était arrivé, et il était en vie. Comme il en avait si souvent rêvé, ses enfants allaient grandir dans un monde libre, et cela n'avait pas de prix. Il entendit au loin plusieurs coups de feu résonner dans la nuit et frémit. « *J'ai réussi et je suis vivant, d'autres n'auront peut-être pas cette chance* », songea-t-il. Et il s'endormit immédiatement.

# 31.

**Nancy, mars 1962**

En arrivant à la maternité, Gabriel tremblait comme une feuille. Même s'il s'était préparé à cette situation, son anxiété naturelle reprenait le dessus. Est-ce que tout allait bien se passer ? Comment Hélène allait-elle supporter cette épreuve ? Le bébé serait-il en bonne santé ? Garçon ou fille ? Toutes ces questions se bousculaient dans sa tête. Ils furent rapidement installés dans une salle de travail. Hélène grimaçait, mais parvint à esquisser un sourire rassurant.

— Ne sois pas si inquiet ! Toutes les femmes passent par là. Ma mère m'a dit que ce moment n'était pas des plus agréables, mais qu'on l'oubliait vite, une fois le bébé dans nos bras. Et je me sens si excitée par cette nouvelle aventure.

Tout en prononçant ces mots, la jeune femme avait gémi, pliée en deux par la douleur. Gabriel était blanc comme un linge. Avec tous les progrès de la médecine depuis la guerre, comment était-il possible qu'on n'ait pas trouvé comment épargner ces horribles souffrances aux futures mères ?

— Allonge-toi, ma chérie, et essaie de te détendre au maximum. Souviens-toi de tes cours d'accouchement sans douleur. Tu devras appliquer toutes les techniques qui t'ont été enseignées et tu verras, tout se passera bien.

Gabriel s'efforçait de se montrer convaincant, mais il n'était qu'à moitié sûr de lui. Comment pouvait-on supprimer une souffrance aussi forte par une simple respiration ? Mais de toute façon, il n'y avait pas le choix, ce bébé devait venir au monde, et il resterait aux côtés de sa femme. Il entendit frapper à la porte et la sage-femme de garde fit son apparition en souriant.

— Bonjour madame Wagner, bonjour Docteur. Il semblerait que le grand moment soit arrivé.

— Oui, en effet, répondit Hélène. Je vous avoue que j'ai un peu peur.

— C'est bien normal. La naissance d'un premier bébé est une épreuve inconnue, sur laquelle beaucoup de fantasmes circulent.

— Lorsque j'en parle, avec des amies ou avec ma mère, j'entends des histoires effrayantes.

— Vous ne devez pas les écouter, madame Wagner. Vous êtes jeune et en bonne santé, tout va très bien se passer, déclara la sage-femme avec assurance. D'après ce que j'ai constaté, ce n'est pas pour tout de suite. Il va falloir patienter un peu.

— J'ai déjà assez mal pourtant, murmura Hélène.

— Je sais, mais hélas, ce n'est que le début. Essayez de penser à autre chose. Courage, ajouta-t-elle en sortant.

Gabriel était de plus en plus livide. Il s'assit sur une chaise à côté d'Hélène, qui semblait connaître un petit moment de répit. Les contractions avaient cessé, elle ferma les yeux pour tenter de se détendre un peu.

— Je vais fumer une cigarette, je reviens tout de suite, murmura son mari.

— Ne traîne pas s'il te plaît, répondit-elle simplement.

Gabriel prit une grande inspiration en arrivant dehors. Il se sentait étouffer. Même si l'ambiance de l'hôpital était loin de lui être inconnue, il la trouvait particulièrement oppressante ce jour de mars. Depuis leur arrivée, il ne cessait de penser à François. Un an s'était écoulé depuis la disparition tragique de celui-ci et il n'avait pas vu le temps passer. La douleur de cette perte incommensurable s'estompait très doucement, mais se retrouver là, dans le service où François aurait dû mener une carrière brillante, là même où il avait vécu sa dernière émotion, lors de la naissance de Pascal, la ravivait. Le jeune médecin aurait tant voulu avoir son ami, si rassurant, près de lui, partager avec lui ce bonheur immense qui allait être le sien : être père. Il aurait tant souhaité voir gambader leurs deux petits, ensemble, sous les yeux émerveillés de deux papas si fiers.

Tout cela n'arriverait pas. François était mort, et rien d'autre que la mémoire de ceux qui l'avaient aimé ne le ferait vivre à nouveau. Gabriel sentit brusquement monter une nouvelle angoisse. Son enfant allait naître, mais aurait-il son père à ses côtés aussi longtemps qu'il en aurait besoin ? Pascal, le fils de François, était un petit garçon magnifique, qui venait de faire ses premiers pas. Mais comment allait-il se construire avec la tragédie qui avait envahi ses premiers mois de vie ? Gabriel écrasa sa Gauloise bleue et entra à nouveau dans la maternité. En arrivant auprès d'Hélène, il constata que le travail avait repris, beaucoup plus intensément. Elle réussit tout de même à esquisser un pâle sourire.

— J'ai peur, mon chéri. Et s'il était anormal ? Et si un drame nous empêchait d'être à ses côtés jusqu'à ce qu'il devienne adulte ?

— Tu penses à François, n'est-ce pas ? chuchota son mari, tout en lui caressant les cheveux avec douceur.

— Oui.

— Hélène, cela ne se produira pas. Il pourra compter sur moi.

Elle referma les yeux sans un mot, mais son émotion était palpable. Les contractions avaient repris de plus belle et Gabriel sonna pour avertir la sage-femme, qui apparut très vite. Le moment était arrivé, et Hélène allait devoir jeter toutes ses forces dans la bataille qui s'annonçait. Elle semblait étonnamment calme, et se montrait concentrée et déterminée. Gabriel, pour sa part, tremblait de tous ses membres, mais essayait de ne pas le montrer. Au bout de longues minutes et après un dernier effort, on entendit les cris du nouveau-né.

— Félicitations, docteur Wagner, vous voici père d'une belle petite fille !

Hélène pleurait à chaudes larmes, envahie par l'émotion intense qu'elle éprouvait. Une fille ! Tous les deux étaient convaincus qu'ils seraient parents d'un garçon et avaient décidé de l'appeler François. Gabriel n'en revenait pas et vivait un rêve. La voix de la sage-femme l'interrompit.

— Quel prénom avez-vous choisi pour cette petite ?

Hélène et Gabriel se regardèrent en souriant, et le médecin répondit simplement :

— Notre fille s'appelle Héloïse.

## 12 novembre 1989

*— Tu es prête Héloïse ?*

*La voix de mon mari me semble insupportable et malgré tout, je lui souris. Il porte un jean que je ne connais pas, une chemise à carreaux qu'il a réussi à repasser, et il est rasé de près. Il est parfait dans son rôle de père de famille nombreuse, dynamique et responsable. Trop. J'ai rassemblé mes affaires, je me suis habillée et coiffée avec soin, avec ces gestes mécaniques et rassurants que je pratique depuis toujours. Je m'apprête à quitter ce cocon protecteur, au sein duquel mes jumeaux sont venus au monde.*

*Suis-je prête ? Prête à reprendre le fil de ma vie d'avant ? Prête à renouer avec ma course insensée, vers je ne sais quel idéal ? Je me penche sur mes bébés qui dorment paisiblement et mon cœur de maman se gonfle de joie. Gabriel en rose, Emilie en bleu, c'est mon seul acte de rébellion, dicté par mon instinct sauvage, dans cette mécanique bien huilée et tellement prévisible.*

*Et eux, sont-ils prêts ? Prêts à affronter ce monde où les murs s'érigent et se détruisent sur la simple volonté de dictateurs fous ? Sont-ils prêts à se jeter à corps perdu dans l'existence qui ne leur pardonnera pas le moindre faux pas ?*

*— Je suis prête.*

*Ma voix est monocorde, je ne veux pas que Franck réalise à quel point j'ai changé en trois jours. Mais mon mari ne semble se douter de rien, tellement ces questionnements sont invisibles sur mon visage. J'ai besoin de m'approprier la nouvelle Héloïse avant de l'exposer aux yeux de la Terre entière. Car je ne suis plus la même femme, je ne me connais plus, une étrangère s'est installée en moi. J'ai vu ce mur s'effondrer et mes certitudes se sont écroulées avec lui.*
*Trois jours. Trois jours de huis clos tragique durant lesquels tout a basculé au plus profond de moi. D'abord cet accouchement, pendant lequel, comme à chaque fois, le miracle de la vie vous explose en pleine gueule. Aucune mère n'oublie ce moment où l'émotion devient tellement vive qu'elle ressemble sans doute à un paradis artificiel. Et puis cette lente redescente. Les sourires, les fleurs, les messages de félicitations, la joie à perte de vue. Et cette impression d'être un boxeur qui a reçu un uppercut, et qui doit se relever absolument, malgré les doutes sur sa capacité à être le plus fort. Saurai-je élever ces nouveau-nés magnifiques ? Les aimerai-je autant tous les cinq ? N'en douteront-ils jamais ?*
*Les. Aimer.*
*Mes petits, ces deux-là comme les trois précédents, seront, un jour ou l'autre, acteurs de leurs propres vies. Monteront-ils, eux aussi, sur des murs pour les détruire ? Ou bien seront-ils de ceux qui les construisent ? Cette question m'obsède subitement.*
*Je suis née il y a vingt-huit ans, sur une planète qui débordait d'espérance et d'idéaux. Gabriel et Emilie viennent à peine de voir le jour : dans quel monde grandiront-ils ?*
*Le téléviseur est toujours allumé. Les Berlinois se congratulent sous mes yeux, franchissent Checkpoint Charlie en chantant, une bière à la main, sous les yeux des Vopos sidérés. D'abord dans un sens, puis dans l'autre, ils expérimentent la*

*liberté devant le monde entier.*
*Le journaliste d'Antenne 2 interpelle un groupe de jeunes gens. Un charmant garçon aux longs cheveux ondulés s'approche pour répondre à ses questions. Je saisis une phrase au vol : « Une belle journée comme celle-ci ne devrait jamais finir ».*
*Une belle journée ne devrait jamais finir.*
*Jamais.*
*— Alors, allons-y.*
*Mon mari me rappelle à l'ordre. Berlin, le Mur, la liberté retrouvée, j'ignore s'il est au courant de ce qui se passe en Allemagne. Il ne fait pas face à tous ces tourments, il veut partir, il est pressé que je reprenne la place qui m'est dévolue. Celle qu'on m'a assignée. Je jette un dernier regard à la petite lucarne lumineuse, dans laquelle j'aperçois toujours une foule en liesse qui s'agite. Je m'approche du poste et je tourne le bouton. L'écran devient noir. Je ne peux plus reculer.*
*— J'arrive.*
*— Au fait, Gunther a téléphoné, il voulait te parler. Il semblait très impatient, je n'ai pas trop compris pourquoi.*

*J'en suis désormais certaine, Franck ne sait rien sur l'effondrement du Mur et de ma vie d'avant. Mais Gunther, doit être bouleversé et j'ai hâte de le serrer dans mes bras pour partager son émotion. J'espère ardemment qu'il vivra encore de longues années : j'ai besoin de lui pour raconter à mes petits cette histoire, qui a pris fin le jour où ils sont nés au monde.*

*Gabriel dans les bras, j'avance résolument vers la vie qui m'attend.*

*Ce livre a été imprimé en France*

Dépôt légal : février 2023

Printed in Poland
by Amazon Fulfillment
Poland Sp. z o.o., Wrocław

19594176R00136